(1+1=3 или больше)

Маргарет и Евгений Клим

Bloomington, IN   Milton Keynes, UK

AuthorHouse™
1663 Liberty Drive, Suite 200
Bloomington, IN 47403
www.authorhouse.com
Phone: 1-800-839-8640

AuthorHouse™ UK Ltd.
500 Avebury Boulevard
Central Milton Keynes, MK9 2BE
www.authorhouse.co.uk
Phone: 08001974150

Первая публикация была осуществлена фирмой АуторХаус (AuthorHouse) 06 апреля, 06 г.

First published by AuthorHouse 4/27/2006

ISBN: 1-4259-2433-6 (электронная версия книги)
ISBN: 1-4259-2433-6 (sc)

Номер издания в Библиотеке Конгресса США: 2003195193

Напечатано в Соединенных Штатах Америки
Блумингтон (Bloomington), Индиана.

Printed in the United States of America
Bloomington, Indiana

Эта книга напечатана на бумаге, которая не содержит кислот.
This book is printed on acid-free paper.

ПОЯВЛЯЕТСЯ ИЗОБРАЖЕНИЕ
СНАРУЖИ – УЛИЦЫ САНКТ-ПЕТЕРБУРГА
– УТРО

Среднего телосложения мужчина тридцати восьми лет, одетый в пальто, сапоги, шапку и перчатки, которые имеют один и тот же бежевый цвет, легонько сталкивается со школьниками и людьми, идущими на работу, когда он поспешно проходит между двумя мраморными львами, установленными на Львином мостике через канал Грибоедова. Он переходит через мостик и идет по заполненному людьми тротуару улицы Декабристов до тех пор, пока он не приблизится к статуе царя Николая I.

ОБРЫВАЕТСЯ ДЛЯ ПЕРЕХОДА К
СЛЕДУЮЩЕЙ СЦЕНЕ:
СНАРУЖИ – КРУГ ВОЗЛЕ ПАМЯТНИКА
НИКОЛАЮ I – УТРО

ИЛЬЯ стоит перед статуей царя Николая I. Он глубоко вздыхает, утирает рукой пот со лба, и затем поворачивается влево, лицом в направлении стоящего на противоположной стороне многоэтажного здания из красного кирпича. Он переходит улицу и входит в здание гостиницы “Астория”.

ОБРЫВАЕТСЯ ДЛЯ ПЕРЕХОДА К
СЛЕДУЮЩЕЙ СЦЕНЕ:
ВНУТРИ – ВЕСТИБЮЛЬ ГОСТИНИЦЫ – УТРО

Илья находит Боба, невысокого роста, но крепкого сложения сорокалетнего американского бизнесмена с вьющимися волосами с сильной проседью, который сидит в кресле в вестибюле.

ИЛЬЯ
Доброе утро. Вы, должно быть, Боб.

Боб встает и протягивает Илье правую руку.

БОБ
Рад познакомиться с вами. Пойдемте в столовую и выпьем кофе.

ОБРЫВАЕТСЯ ДЛЯ ПЕРЕХОДА К
СЛЕДУЮЩЕЙ СЦЕНЕ:
ВНУТРИ СТОЛОВОЙ – УТРО

Мужчина и женщина, разговаривающие по-немецки, были помимо них единственными посетителями столовой в это время. Илья и Боб пьют кофе.

БОБ
Я был под впечатлением от вашего сообщения на тему гармонического ряда. Моя компания могла бы использовать ваши знания для написания заявки

с целью получения заказа на оценку структурной целостности моста «Бэй Бридж», соединяющего Окланд и Сан-Франциско.

Светло-голубые глаза Ильи внимательно смотрят в маленькие карие глаза Боба.

ИЛЬЯ
Спасибо за комплимент.

БОБ
Это не комплимент. Вы следующий Тимошенко.

Илья смотрит на Боба, который продолжает пить свое кофе.

БОБ
Я приглашаю вас поехать в Америку и поработать на меня.

Илья чуть не давится своим кофе.

БОБ
Я говорю серьезно. Вы можете остановиться в одном из домов, сдаваемых мною в аренду.

ИЛЬЯ
Я должен подумать об этом.

Боб открывает свой черный кожаный дипломат и достает из него визитку. Он подает ее Илье.

БОБ
Позвоните мне сегодня вечером. Я уезжаю на следующей неделе. До моего отъезда я могу все организовать для вас.

ОБРЫВАЕТСЯ ДЛЯ ПЕРЕХОДА К СЛЕДУЮЩЕЙ СЦЕНЕ:
СНАРУЖИ - УЛИЦЫ – УТРО

Илья покидает гостиницу «Астория». Он стоит неподвижно на Иисакиевской площади. Он смотрит на Иисакиевский собор. Начинается внезапный ливень. Илья идет быстрыми шагами. На улице всего несколько человек. Он смотрит вниз на мокрую мостовую и видит

отражения людей и стоящих на площади зданий. Санкт-Петербург принимает вид города, сделанного из воды.

ОБРЫВАЕТСЯ ДЛЯ ПЕРЕХОДА К СЛЕДУЮЩЕЙ СЦЕНЕ:
СНАРУЖИ – НИКОЛЬСКИЙ СОБОР – УТРО

Илья готовится войти в собор. Солнце появляется вновь.

ВНУТРИ – НИКОЛЬСКИЙ СОБОР – УТРО

Илья снимает с головы свою бежевую шапку, и проводит пальцами по его коротко подстриженным русым волосам. Он идет по направлению к ящику с длинными белыми свечами. Он минует группу икон и останавливается перед иконой Святого Николая Угодника. Илья зажигает свечу и ставить ее в подсвечник перед иконой этого Святого. Затем он произносит молитву.

ИЛЬЯ

Помоги   мне   принять   правильное решение.

Илья выходит из собора.

СНАРУЖИ - УЛИЦЫ – УТРО

Илья встречает своего бывшего сотрудника, с которым они вместе работали в Отделе перевозок, по имени Вадим, который распивал пиво на углу как раз напротив собора.

ИЛЬЯ

Вадим.

                    ВАДИМ

Илья.

                    ИЛЬЯ

Ты уже нашел работу?

                    ВАДИМ

Нет еще.

                    ИЛЬЯ

Как же ты живешь?

                    ВАДИМ

Я не могу тебе сказать. А ты, почему не
на работе?

                    ИЛЬЯ

Мне дали непродолжительный отпуск с
работы, чтобы я мог представить доклад
на   конференции   Международной
ассоциации инженеров-строителей.

Илья покупает кружку пива. Двое мужчин пьют
пиво.

                    ИЛЬЯ

Приходи ко мне в восемь часов вечера
сегодня. Мы вместе поужинаем.

                    ВАДИМ

Хорошо.

ОБРЫВАЕТСЯ ДЛЯ ПЕРЕХОДА К
СЛЕДУЮЩЕЙ СЦЕНЕ:
ВНУТРИ - КВАРТИРА – УТРО

Илья раздевается.   Он идет в спальню и ложится
на свою кровать.

ОБРЫВАЕТСЯ ДЛЯ ПЕРЕХОДА К
СЛЕДУЮЩЕЙ СЦЕНЕ:
ВНУТРИ - КВАРТИРА – ВЕЧЕР

Открывается входная дверь.   Входит полная
блондинка немногим старше 30 лет.   Она вешает
пальто и шляпу и снимает сапоги.

ОБРЫВАЕТСЯ ДЛЯ ПЕРЕХОДА К
СЛЕДУЮЩЕЙ СЦЕНЕ:
ВНУТРИ - СПАЛЬНЯ – ВЕЧЕР

Раздается звонок будильника. Время – шесть
часов.

ИЛЬЯ
Валя это ты?

ВАЛЯ
Да.

Валя идет на кухню.

ОБРЫВАЕТСЯ ДЛЯ ПЕРЕХОДА К
СЛЕДУЮЩЕЙ СЦЕНЕ:
ВНУТРИ - КУХНЯ – ВЕЧЕР

Валя надевает красный передник и наполняет чайник водой из водопроводного крана. Она ставит чайник на плиту и зажигает горелку. Илья входит на кухню и садится на стул возле стола.

ИЛЬЯ
Боб пригласил меня работать на него в Америке.

ВАЛЯ
И ты согласился?

ИЛЬЯ
Я не знаю, что мне делать.

ВАЛЯ
Что ты имеешь в виду, говоря «не знаю»?

ИЛЬЯ
Я не хочу уезжать из Санкт-Петербурга. Мне очень нравиться следить за тем, как ведется обслуживание более чем восьмисот мостов нашего города.

ВАЛЯ

Любовь к своей работе не насытит наши
желудки и не обеспечит нам крышу над
головой.

Свистит чайник, и Валя выключает плиту.

ИЛЬЯ

Я подумаю над этим.

ВАЛЯ

Тут нечего и думать. Я   не получала
зарплату уже два месяца. Вот что я имею,
в ответ на мою любовь к преподаванию.

Слезы появились в ее больших голубых как у
ребенка глазах.

ИЛЬЯ

Боб хочет, чтобы я позвонил ему сегодня
вечером.

Валя наливает чай в чашки. Она вместе с Ильей
сидит у стола, потягивая чай.

ВАЛЯ

Я не могу понять твоей логики. У тебя
появилась возможность иметь хорошую
жизнь, а ты упираешься.

ИЛЬЯ

Жизнь – это не исполнившаяся мечта. Нет хорошей жизни, а есть лишь проблемы, которые нужно решать.

ВАЛЯ

Ради меня скажи ему «Да».

ОБРЫВАЕТСЯ ДЛЯ ПЕРЕХОДА К СЛЕДУЮЩЕЙ СЦЕНЕ:
ВНУТРИ - КВАРТИРА – ВЕЧЕР

Звонит дверной звонок. Илья открывает дверь. Входит Вадим.

ИЛЬЯ

Входи. Я рад, что ты смог придти.

Вадим входит в квартиру. Он снимает ботинки, вешает пальто и шапку, кладет перчатки. Илья и Вадим идут на кухню.

ОБРЫВАЕТСЯ ДЛЯ ПЕРЕХОДА К СЛЕДУЮЩЕЙ СЦЕНЕ:
ВНУТРИ - КУХНЯ – ВЕЧЕР

Вадим и Илья сидят за столом. Валя разливает борщ по тарелкам, затем она садится за стол рядом с Ильей.

ВАЛЯ

Прошло много времени с нашей последней встречи. Что с вами происходило в это время?

ВАДИМ

Меня уволили с работы, когда коммунисты потеряли власть. Нина развелась со мной и забрала с собой Бориса.

ВАЛЯ

Ты видишь, какая нестабильная жизнь сегодня в России. Сегодня ты уважаемый гражданин, а завтра – попрошайка.

ИЛЬЯ

Меня пригласили на работу в Америку.

ВАДИМ

Когда ты отправляешься?

ИЛЬЯ

Я не знаю.

ВАДИМ

Я тебе завидую.

Илья уходит из кухни. Он идет в спальню.

ОБРЫВАЕТСЯ ДЛЯ ПЕРЕХОДА К
СЛЕДУЮЩЕЙ СЦЕНЕ:

ВНУТРИ - СПАЛЬНЯ – ВЕЧЕР

Илья смотрит на часы. Они показывают 8:30 вечера. Он звонит Бобу.

ОБРЫВАЕТСЯ ДЛЯ ПЕРЕХОДА К
СЛЕДУЮЩЕЙ СЦЕНЕ:

ВНУТРИ – ГОСТИНИЦА «АСТОРИЯ» - КОМНАТА БОБА – ВЕЧЕР

Боб сидит у стола. Он подсчитывает баланс в своей чековой книжке. ЗВОНИТ телефон.

БОБ

Боб слушает.

ВСТАВКА ТЕЛЕФОННОГО РАЗГОВОРА:

ИЛЬЯ

Боб, это Илья. Я хочу работать на вас в Америке.

БОБ

Хорошо. У меня будет все готово для вас к утру следующей субботы. Давайте встретимся в вестибюле гостиницы в восемь часов утра.

ИЛЬЯ

Я буду там в восемь часов утра в следующую субботу.

КОНЕЦ РАЗГОВОРА НА СТОРОНЕ ИЛЬИ.

Илья идет на кухню.   Вадим встает из-за стола. Валя моет посуду.

ВАДИМ

Борщ был восхитительный. Спасибо.

ВАЛЯ

Пожалуйста. Приходи снова.

Илья провожает Вадима до входной двери. Вадим одевается. Мужчины обнимаются.

ИЛЬЯ

Прощай.

ВАДИМ

Удачи.

Илья открывает переднюю дверь. Вадим выходит за дверь.

ОБРЫВАЕТСЯ ДЛЯ ПЕРЕХОДА К
СЛЕДУЮЩЕЙ СЦЕНЕ:
ВНУТРИ - САМОЛЕТ – ДЕНЬ

Илья сидит в кресле самолета, читая книгу с наставлениями о том, как жить в Америке. Самолет полностью заполнен пассажирами.

ГРОМКОГОВОРИТЕЛЬ
Пристегните ремни. Приготовьтесь к посадке.

Илья закрывает книгу, пристегивает ремень, и осеняет себя крестным знаменем.

ГРОМКОГОВОРИТЕЛЬ
Температура воздуха в Сан-Франциско 60° по Фаренгейту (15° С). Облачно.

ОБРЫВАЕТСЯ ДЛЯ ПЕРЕХОДА К
СЛЕДУЮЩЕЙ СЦЕНЕ:
СНАРУЖИ – МЕЖДУНАРОДНЫЙ АЭРОПОРТ САН-ФРАНЦИСКО – ДЕНЬ

Самолет парит в небе над Районом Залива и затем медленно спускается на посадочную площадку. Он подъезжает к ПРИЧАЛЬНОЙ остановке.

ОБРЫВАЕТСЯ ДЛЯ ПЕРЕХОДА К
СЛЕДУЮЩЕЙ СЦЕНЕ:
ВНУТРИ – МЕЖДУНАРОДНЫЙ АЭРОПОРТ
САН-ФРАНЦИСКО – ДЕНЬ

Боб, одетый в шерстяной свитер и широкие брюки сидит в заполненной людьми зоне перед Проходом № 16. Он наблюдает, как самолет останавливается возле этого места.

ГРОМКОГОВОРИТЕЛЬ

Самолет компании «Юнайтед Эрлайнс», выполнявший рейс по маршруту Санкт-Петербург – Сан-Франциско, прибыл к Проходу № 16.

ОБРЫВАЕТСЯ ДЛЯ ПЕРЕХОДА К
СЛЕДУЮЩЕЙ СЦЕНЕ:
ВНУТРИ – САМОЛЕТ – ДЕНЬ

Пассажиры выходят из самолета. Илья остается на своем месте. Спустя десять минут он остается единственным пассажиром на борту самолета. К нему подходит СТЮАРДЕССА.

СТЮАРДЕССА

Вам нужна помощь, сэр?

ИЛЬЯ

Нет.

СТЮАРДЕССА
Мы прибыли в пункт назначения. Вы
должны здесь выйти.

Илья отстегивает пристяжной ремень, встает и
забирает свою ручную кладь из верхнего отделения
для багажа в салоне самолета. Он покидает
самолет, неся в одной руке коричневый кожаный
портфель, а в другой – его чемодан.

ОБРЫВАЕТСЯ ДЛЯ ПЕРЕХОДА К
СЛЕДУЮЩЕЙ СЦЕНЕ:
ВНУТРИ – МЕЖДУНАРОДНЫЙ АЭРОПОРТ
САН-ФРАНЦИСКО – ДЕНЬ

Боб, одетый в широкие брюки и свитер, ходит взад
и вперед, наблюдая за людьми, которые входят в
аэропорт через Проход № 16. Внезапно стабильный
поток, входящих через Проход № 16, замедляется
до тоненькой струйки, а затем и полностью
останавливается. Боб делает недоуменное лицо,
когда он в течение нескольких минут смотрит на
пустой проход. Наконец Илья входит в аэропорт.
Боб улыбается.

БОБ
Добро пожаловать в Сан-Франциско.

Илья молча смотрит на Боба.

БОБ
Как прошел полет?

ИЛЬЯ

Прекрасно.

БОБ

Получение багажа происходит вон там.

ИЛЬЯ

У меня нет никакого другого багажа.

БОБ

Этим ты похож на меня.   Я тоже предпочитаю ездить налегке.

ОБРЫВАЕТСЯ ДЛЯ ПЕРЕХОДА К
СЛЕДУЮЩЕЙ СЦЕНЕ:
СНАРУЖИ – ПАРКОВОЧНАЯ ПЛОЩАДКА
– ДЕНЬ

Боб открывает багажник его БМВ и кладет в багажник машины чемоданчик Ильи. Затем Боб открывает переднюю дверь, чтобы Илья мог сесть. Боб и Илья садятся в машину и едут из аэропорта.

ОБРЫВАЕТСЯ ДЛЯ ПЕРЕХОДА К
СЛЕДУЮЩЕЙ СЦЕНЕ:
ВНУТРИ – БМВ – ДЕНЬ

Боб и Илья едут по мосту «Бэй Бридж».

БОБ

Моя компания проводит исследование структурной целостности этого моста.

Во время землетрясения 1989 года верхняя эстакада упала на нижнюю. Погибли люди.

Илья смотрит через окно на мост через Залив Сан-Франциско.

ОБРЫВАЕТСЯ ДЛЯ ПЕРЕХОДА К СЛЕДУЮЩЕЙ СЦЕНЕ:
СНАРУЖИ – АВТОСТРАДА – ДЕНЬ

БМВ пересекает мост и сходит со скоростной магистрали.

ОБРЫВАЕТСЯ ДЛЯ ПЕРЕХОДА К СЛЕДУЮЩЕЙ СЦЕНЕ:
ВНУТРИ – БМВ – ДЕНЬ

БОБ
Мы быстро доехали. Движение было свободным. Тебе нужно посмотреть, что здесь творится в часы пик. Это просто кошмар.

ОБРЫВАЕТСЯ ДЛЯ ПЕРЕХОДА К СЛЕДУЮЩЕЙ СЦЕНЕ:
СНАРУЖИ – УЛИЦЫ В ВОСТОЧНОЙ ЧАСТИ ОКЛАНДА – ДЕНЬ

Бордюры тротуаров улиц завалены банками, бутылками и бумагой. На тротуарах полно черных людей и латиноамериканцев. Периодически вы

слышите звуки громкой музыки в стиле «Рэп». БМВ объезжает выношенный диван, выброшенный на свободную часть парковочной площадки. БМВ останавливается
впереди двухэтажного многоквартирного здания. Перед этим зданием очень полная цвета жженого сахара ЧЕРНАЯ ЖЕНЩИНА ругает крепкого сложения ЧЕРНОГО МУЖЧИНУ, который стоит возле своей белой машины.

ЧЕРНАЯ ЖЕНЩИНА

Ты чуть не задавил моих детей.

ЧЕРНЫЙ МУЖЧИНА

Если бы ты избавилась от телефона и вместо этого держала их за руки....

ЧЕРНАЯ ЖЕНЩИНА

Я намерена пригласить моего адвоката...

ЧЕРНЫЙ МУЖЧИНА

У меня есть и адвокат и юрист...

Боб выходит из БМВ. Он открывает дверь на стороне Ильи.

ОБРЫВАЕТСЯ ДЛЯ ПЕРЕХОДА К
СЛЕДУЮЩЕЙ СЦЕНЕ:
СНАРУЖИ – МНОГОКВАРТИРНЫЙ ДОМ –
ДЕНЬ

БОБ
Такие вот дела.   Именно здесь я и
собираюсь поселить тебя.

Илья выходит из машины. Он стоит на тротуаре.
Боб вынимает чемоданчик Ильи из багажника
машины и ставит его на тротуар. Илья наступает
на пластиковую бутылку из под кока-колы

в тот момент, когда он нагибается, чтобы поднять
свой чемоданчик.   Он съеживается от страха,
встретившись взглядом с черным мужчиной и
кричащей черной женщиной.

БОБ
Тебе наверх. Следуй за мною.

Илья, следуя за Бобом, преодолевает лестничный
пролет.   Боб отпирает ключом дверь квартиры.
Он открывает дверь, и Илья и Боб входят в
меблированную квартиру с одной спальней.

ОБРЫВАЕТСЯ ДЛЯ ПЕРЕХОДА К
СЛЕДУЮЩЕЙ СЦЕНЕ:
ВНУТРИ – КВАРТИРА – ДЕНЬ

Илья ставит свой багаж на пол передней.

БОБ

Это не роскошный особняк, но это, конечно, лучше, чем твоя квартира в Санкт-Петербурге.

Боб смеется про себя и затем показывает Илье его квартиру.

БОБ

Это кухня. Это ванная комната. Здесь спальня. Ну, что скажешь?

Илья выглядывает из окна прихожей на засыпанную мусором улицу. Затем он переводит взгляд на Боба.

ИЛЬЯ

Очень хорошо.

БОБ

Универсам рядом.

БОБ

Я заеду за тобой завтра в 8 часов утра и отвезу тебя в мой офис.

Боб уходит из квартиры. Илья раздевается и ложится на кровать. Он пытается уснуть, но громкая музыка, доносящаяся из нижней квартиры прямо под его спальней, заставляет его бодрствовать.

ОБРЫВАЕТСЯ ДЛЯ ПЕРЕХОДА К
СЛЕДУЮЩЕЙ СЦЕНЕ:
ВНУТРИ – ФИРМА БОБА – ДЕНЬ

Боб знакомит Илью со своим бизнесом структурного строительства.

БОБ
Это твой рабочий стол.

Боб указывает на старый потрепанный стол в дальнем конце главной комнаты. Столы отделены перегородками.

БОБ
Это Джефф. Он наш главный инженер.

Боб останавливается перед столом седоволосого очень полного человека среднего возраста в очках и с лысиной в средней части его головы.

ДЖЕФФ
Привет.

Джефф протягивает Илье свою бледную пухленькую волосатую правую руку. Они обмениваются рукопожатием.

ДЖЕФФ
Тебе здесь понравится. Все относятся друг к другу по-дружески.

Боб ведет Илью к красивому молодому англо-
саксонского типа мужчине лет тридцати, который
работает на компьютере.

БОБ
Познакомься. Это – Чад.

ЧАД отрывает свой взгляд от экрана компьютера.

ЧАД
Здорово.

ИЛЬЯ
Здорово.

Чад смотрит на экран своего компьютера. Боб и
Илья идут по направлению к передней двери.

БОБ
Держу пари, что ты голодный. Пойдем в
магазин и купим что-нибудь поесть.

Боб и Илья выходят из офиса.

ОБРЫВАЕТСЯ ДЛЯ ПЕРЕХОДА К
СЛЕДУЮЩЕЙ СЦЕНЕ:
ВНУТРИ – УНИВЕРСАМ – ДЕНЬ

Боб берет тележку для покупок. Он толкает
тележку вперед.

БОБ

Наполняй ее. Я вычту стоимость покупок
из твоей первой месячной зарплаты.

Боб завозит тележку в мясной отдел. Он смотрит
на Илью, когда он кладет на тележку пакет
лососины.

БОБ

Просто скажи мне, что ты хочешь купить,
и я покажу тебе, где это находится.

Боб катит тележку в зеленной отдел. Илья кладет
на нее пакет картошки и кочан капусты.

ИЛЬЯ

Я хочу купить хлеба.

Боб катит тележку в отдел выпечных изделий.
Илья кладет на тележку буханку черного ржаного
хлеба. Боб смотрит на него.

ИЛЬЯ

Я хочу покупать все самое дешевое,
чтобы у меня оставались деньги послать
Вале.

БОБ

Я понимаю.

Боб улыбается и качает головой.

ИЛЬЯ

Я хочу купить немного сметаны.

Боб катит тележку в секцию молочных продуктов. Илья кладет сметану на тележку.

БОБ

Мне уже нужно возвращаться в офис.

Боб катит тележку к расчетному узлу. Он стоит в очереди. Перед ним полдюжины человек. Илья замечает алкогольные напитки. Он бросается и берет половину галлона водки и ставит бутылку на тележку.

БОБ

Можно ли и мне придти на твою вечеринку.

Боб смеется. Когда они подходят к расчетному узлу, он выкладывает покупки на конвейерную ленту и ожидает пока кассир введет их стоимость в кассовый аппарат.

КАССИР

Двадцать четыре доллара и восемнадцать центов.

Боб поворачивается к Илье.

БОБ

У тебя вкус как у гурмана. Ты потратил заработок целого дня всего за двадцать минут.

Боб платит кассиру и передает Илье пакет с его покупками.

БОБ

Ты иди домой. Ты живешь рядом. Я же поеду на машине обратно в офис. Я заеду за тобой завтра в час дня.

Боб и Илья выходят из продовольственного магазина.

ОБРЫВАЕТСЯ ДЛЯ ПЕРЕХОДА К СЛЕДУЮЩЕЙ СЦЕНЕ:
ВНУТРИ – ФИРМА БОБА – ДЕНЬ

Боб сидит за своим столом. К нему подходит Джефф.

ДЖЕФФ

Как все прошло?

БОБ

Эти русские ненормальные люди. Он купил шесть предметов и потратил на них дневной заработок. Он все говорил мне, что он пытается экономить, и при этом клал на свою тележку наиболее дорогие товары.

ДЖЕФФ

Он все хорошо усвоит, когда у него кончатся деньги. Тогда он станет твоим преданным слугой.

БОБ

Он будет должен вернуться в Россию. Я борюсь за то, чтобы мы по-прежнему работали с прибылью. Мы теперь не получаем так много работы как раньше. Я рассчитываю на вас в деле победы в конкурсе на выполнение проекта «Бэй Бридж».

ДЖЕФФ

Я сделаю все, что только будет в моих силах.

ОБРЫВАЕТСЯ ДЛЯ ПЕРЕХОДА К
СЛЕДУЮЩЕЙ СЦЕНЕ:
ВНУТРИ – КВАРТИРА – ДЕНЬ

Илья напевает без слов мелодию «Калинки», пока он роется на кухне в поисках кухонных и столовых принадлежностей.   Он помещает лососину в духовку. Затем он варит капусту и картошку.

ЗВОНИТ телефон. Илья поднимает трубку.

ИЛЬЯ

Илья слушает.

ВСТАВКА ТЕЛЕФОННОГО РАЗГОВОРА:

ВАЛЯ

У тебя все в порядке? Почему ты мне не позвонил?

ИЛЬЯ

У меня все хорошо. Я просто был очень занят.

ВАЛЯ

Как твоя новая работа?

ИЛЬЯ

Прекрасно.

ВАЛЯ

Я скучаю по тебе.

ИЛЬЯ

Я должен прекратить разговор. У нас не хватит денег, чтобы оплатить счет за телефон.

ЗАКАНЧИВАЕТСЯ НА ИЛЬЕ
ОБРЫВАЕТСЯ ДЛЯ ПЕРЕХОДА К
СЛЕДУЮЩЕЙ СЦЕНЕ:

ВНУТРИ – ФИРМА БОБА – ДЕНЬ

Боб показывает Илье его должностные обязанности.

БОБ

Ты должен пылесосить ковер и опоражнивать мусорное ведро ежедневно. Клади бумагу, подлежащую вторичному использованию, в зеленый контейнер для мусора, бутылки – в желтый, а баночки – в красный контейнер. Ты должен удалять содержимое кофейника и мыть его. Ты должен также удостовериться, что копировальные машины выключены.

ИЛЬЯ

А как же насчет проекта, связанного с мостом?

БОБ

Мы перейдем через этот мост, когда мы дойдем до него.

Боб усмехается. Илья мрачнеет.

БОБ

Между прочим, твой рабочий день начинается в час дня и заканчивается в 5 часов дня.

ОБРЫВАЕТСЯ ДЛЯ ПЕРЕХОДА К
СЛЕДУЮЩЕЙ СЦЕНЕ:
ВНУТРИ – ФИРМА БОБА – ДЕНЬ

Илья убирает офис. Боб разговаривает с Джеффом.

БОБ

Запри все свои документы до того, как уйти. Ты не можешь доверять этим коммунистам.

ДЖЕФФ

Боб, коммунизм закончился два года тому назад.

БОБ

Я знаю, но люди так быстро не меняются.

ОБРЫВАЕТСЯ ДЛЯ ПЕРЕХОДА К
СЛЕДУЮЩЕЙ СЦЕНЕ:
СНАРУЖИ – ФИРМА БОБА – ДЕНЬ

Илья кладет большой пластиковый пакет с мусором в большой коллектор мусора, находящийся за зданием. К нему приближается Боб. Они идут к

передней стороне здания. Боб указывает на угол
улицы.

БОБ

Я больше не могу возить тебя в офис и
обратно. Тебе придется пользоваться
автобусом. Видишь угол вон там вдали.
Это то место, где ты будешь выходить
из автобуса. Садись на автобус номер
сорок на остановке напротив дома,
в котором находится твоя квартира.
Автобусы ходят каждый час, поэтому
будь на остановке автобуса до полудня.

ОБРЫВАЕТСЯ ДЛЯ ПЕРЕХОДА К
СЛЕДУЮЩЕЙ СЦЕНЕ:

ВНУТРИ – КВАРТИРА – ВЕЧЕР

Илья ест капусту и картошку. Короткая стрелка
часов на стене кухни показывает на 8, а длинная –
на 12. Илья идет в спальню и ложится на кровать.
Он закрывает глаза.
Он слышит стрекот сверчков.

ОБРЫВАЕТСЯ ДЛЯ ПЕРЕХОДА К
СЛЕДУЮЩЕЙ СЦЕНЕ:

Илья идет в ванную комнату, а затем на кухню.
Он смотрит на часы на стене в кухне. Они
показывают 8:40. Он берет карандаш и блокнот
из его портфеля и начинает рисовать эскизы

мостов Санкт-Петербурга до тех пор, пока сон не сваливает его.

ОБРЫВАЕТСЯ ДЛЯ ПЕРЕХОДА К СЛЕДУЮЩЕЙ СЦЕНЕ:

ВНУТРИ – КВАРТИРА – ВОСХОД

Солнце, восходящее над восточными холмами, светит через окно в квартиру. Илья все еще рисует.

ОБРЫВАЕТСЯ ДЛЯ ПЕРЕХОДА К СЛЕДУЮЩЕЙ СЦЕНЕ:

СНАРУЖИ – ОСТАНОВКА АВТОБУСА – ПОЛДЕНЬ

Илья стоит на автобусной остановке. Впереди его маленькая черная женщина, которая держит за руку маленького черного мальчика, сидит на скамейке. Подходит автобус. Илья входит в него. Он подает водителю автобуса доллар. Автобус забит главным образом черными мужчинами, женщинами и детьми. Остальные люди в автобусе являются либо азиатами, либо латиноамериканцами. Илья сидит возле очень худой от употребления наркотиков черной женщины. Она пьет сок со льдом. Илья смотрит на надпись, которая гласит: «Есть и пить в автобусе запрещается!». Женщина выбрасывает полупустой контейнер из окна автобуса. Илья испытывает неприятное чувство.

ЧЕРНАЯ ЖЕНЩИНА
На что это ты смотришь?

Илья встает со своего места и идет в переднюю часть автобуса. Там он и стоит до тех пор, пока не доезжает до своей остановки. Двое очень худых черных мужчин, головы которых перевязаны лентами, выходят следом за ним. Илья быстрым шагом идет к фирме Боба.

ОБРЫВАЕТСЯ ДЛЯ ПЕРЕХОДА К
СЛЕДУЮЩЕЙ СЦЕНЕ:
ВНУТРИ – ФИРМА БОБА – ПОСЛЕОБЕДЕННОЕ ВРЕМЯ

Илья останавливается возле стола Боба.

БОБ
Ну, и как прошла поездка на автобусе?

Боб улыбается. На лице Ильи появилась гримаса.

ИЛЬЯ
О'кей.

БОБ
Продолжай ездить. Это не могло быть уж совсем плохо. Во всяком случае, ты доехал в целости и сохранности. А теперь поговорим о деле. Я хочу, чтобы ты вымыл все окна. Завтра инспектора здания будут его проверять.

Во время мытья окон Илья напевает мелодию «Калинки». Входит Боб.

БОБ

Ты, я смотрю, в хорошем настроении.

ИЛЬЯ

Я хочу в субботу посмотреть мост «Золотые ворота/Golden Gate Bridge». Я столько о нем слышал.

Боб опускает руку в карман брюк и достает билет.

БОБ

Вот. Американское общество гражданских инженеров на следующей неделе проводит летнюю вечеринку, посвященную мостам. Там будет прогулочная экскурсия по мосту «Золотые ворота».

Боб дает билет Илье. Илья вытаскивает из своих джинсов черный кожаный бумажник и кладет билет в отделение для банкнот. Он закрывает бумажник и кладет его обратно в карман.

ИЛЬЯ

Спасибо Боб. Тебя сам Бог послал.

БОБ

Пожалуйста.   А теперь продолжай работать.

Илья складывает принадлежности для уборки в специальный шкаф.

ИЛЬЯ

Я сейчас ухожу.

БОБ

Окна выглядят хорошо. До завтра.

Илья надевает свое пальто и выходит через переднюю дверь.

ОБРЫВАЕТСЯ ДЛЯ ПЕРЕХОДА К
СЛЕДУЮЩЕЙ СЦЕНЕ:
ВНУТРИ – КВАРТИРА – ВЕЧЕР

Илья открывает дверь. ЗВОНИТ телефон. Илья поднимает трубку.

ИЛЬЯ

Илья слушает.

ВСТАВКА ТЕЛЕФОННОГО РАЗГОВОРА:

ВАЛЯ

Илья, как твои дела?

ИЛЬЯ

Прекрасно. Я же говорил тебе, не звони мне. Мы не можем позволить себя оплачивать счета за телефон.

ВАЛЯ

Я просто хотела узнать, как твои дела.

В этом месяце я не получила зарплату.

ИЛЬЯ

Это-то ты могла и написать. Я же дал тебе мой адрес. Америка – это действительно рай. Пока.

ОКОНЧАНИЕ НА СТОРОНЕ ИЛЬИ

Илья вешает трубку. Он разогревает свой ужин, и садится к столу, чтобы поесть. Покончив с едой, Илья идет в свою спальню. Он вынимает билет из своего бумажника и кладет его на тумбочку возле кровати рядом с фотографией Никольского собора.

ОБРЫВАЕТСЯ ДЛЯ ПЕРЕХОДА К СЛЕДУЮЩЕЙ СЦЕНЕ:
ВНУТРИ – ФИРМА БОБА – УТРО

Боб ожидает в фойе. Входят двое белых мужчин. Мистер ВИЛЬЯМС – высокий, лысеющий господин средних лет с брюшком. Мистер УЭЙНБЕРГ с длинным крючковатым носом небольшого роста, стройный с тонкими курчавыми черными волосами.

                    БОБ
Доброе утро, мистер Вильямс и мистер Уэйнберг.

                    МИСТЕР ВИЛЬЯМС
Доброе утро, Боб.

                    МИСТЕР УЭЙНБЕРГ
Доброе утро, Боб.

                    БОБ
Садитесь,   пожалуйста.   Могу   я предложить вам кофе?

                    МИСТЕР ВИЛЬЯМС
Да.

                    МИСТЕР УЭЙНБЕРГ
Хорошее предложение.

Мужчины сидят за столом в фойе. Боб приносит им чашки с молотым кофе. Мистер Уэйнберг первым пробует кофе. Затем плюется.

                    МИСТЕР УЭЙНБЕРГ
Что вы хотите сделать Боб? Уж не отравить ли нас?

БОБ

Нет. А что не так?

МИСТЕР ВИЛЬЯМС

В кофе полно старых зерен. Я надеюсь,
что вы лучше управляете компанией,
чем готовите кофе.

БОБ

Извините меня.

Боб идет к столу Джеффа. Джефф работает на
компьютере.

ДЖЕФФ

Что случилось, босс?

БОБ

Илья осуществил акт саботажа по
отношению ко мне.

ДЖЕФФ

Что?

БОБ

Он не вымыл кофейник, и я подал гостям
грязный кофе, полный использованных
зерен.

Джефф смеется.

БОБ

Сегодня Илья работает на меня последний день. Я увольняю этого коммунистического мерзавца.

ДЖЕФФ

Я тебя не обвиняю.

БОБ

Я же говорил тебе, что ты не можешь им доверять.

ДЖЕФФ

Прежде всего, я вообще не понимаю, зачем ты привез его сюда.

БОБ

Я думал, что я получу двойную выгоду. Я хотел воспользоваться его опытом в качестве инженера для того, чтобы мы смогли получить заказ, используя его при этом в качестве уборщика.

ДЖЕФФ

Твои расчеты оказались ошибочными.

Джефф смотрит на экран своего компьютера. Боб возвращается обратно в фойе.

Мистер Вильямс и мистер Уэйнберг оставляют свои чашки на столе и начинают инспекцию офиса. Боб следует за ними.

ОБРЫВАЕТСЯ ДЛЯ ПЕРЕХОДА К
СЛЕДУЮЩЕЙ СЦЕНЕ:

ВНУТРИ – ФИРМА БОБА – ПОСЛЕОБЕДЕННОЕ ВРЕМЯ

Боб поджидает Илью возле входной двери. Илья открывает дверь.

ИЛЬЯ

Добрый день!

БОБ

Ни шагу дальше. Ты уволен.

ИЛЬЯ

Уволен.

БОБ

Да. И не возвращайся сюда. А если ты не заплатить арендную плату за квартиру, я вручу тебе уведомление о выселении через тридцать дней.

ИЛЬЯ

Тридцать дней.

БОБ

Ты слышишь меня? Забирай свои вещи и немедленно уходи!

Боб стоит возле входной двери, наблюдая за тем, как Илья покидает офис.

ОБРЫВАЕТСЯ ДЛЯ ПЕРЕХОДА К СЛЕДУЮЩЕЙ СЦЕНЕ:
СНАРУЖИ – ФИРМА БОБА – ДЕНЬ

Боб следует за Ильей до тротуара и стоит, наблюдая за тем, как Илья идет по направлению к углу. Затем Боб поворачивает назад и идет в свой офис. Илья останавливается на автобусной остановке. На этой же остановке стоят шесть учеников старших классов школы. Две высокие черные девушки с довольно открытыми блузками и в джинсовых мини-юбках слушают музыку через наушники. Они подпевают песням, которые они слышат по радио. Двое белых парней с сережками в ушах и зелено-красной прической типа петушиного хохолка, держат в руках доски на роликах для катания на асфальте. Два худых черных мальчика с локонами на голове, одетые в

спортивные костюмы для бега и беговые теннисные туфли, стоят возле Ильи, наблюдая, как он левой рукой достает свой проездной билет из бумажника. Один из черных мальчиков выхватывает бумажник Ильи из его правой руки. Черные мальчики убегают. Черные девушки хихикают. Белые мальчики смотрят в направлении подходящего автобуса.

Илья гонится за мальчиками почти квартал вдоль улицы до тех пор, пока он не видит, что его автобус приближается к остановке. Автобус подходит к

бордюру тротуара. Илья заходит в автобус после
двух белых мальчиков и двух черных девочек.

ОБРЫВАЕТСЯ ДЛЯ ПЕРЕХОДА К
СЛЕДУЮЩЕЙ СЦЕНЕ:
ВНУТРИ – АВТОБУС – ДЕНЬ

Илья предъявляет полному черному ВОДИТЕЛЮ
АВТОБУСА свой проездной билет.

ИЛЬЯ
Два черных мальчика только что украли
мой бумажник прямо на автобусной
остановке.

ВОДИТЕЛЬ АВТОБУСА
А чего вы от меня хотите? Они
уже убежали. Вы можете заявить в
полицию.

До конца поездки Илья стоит в передней части
автобуса.

ОБРЫВАЕТСЯ ДЛЯ ПЕРЕХОДА К
СЛЕДУЮЩЕЙ СЦЕНЕ:
С УЛИЦЫ – ДОМ, В КОТОРОМ ЖИВЕТ ИЛЬЯ
– ДЕНЬ

Илья смотрит на мостовую, пока он переходит
улицу и идет к своему дому. Перед дверью своей
квартиры он бормочет про себя.

ИЛЬЯ

Тридцать дней.

Илья открывает дверь в квартиру.

ОБРЫВАЕТСЯ ДЛЯ ПЕРЕХОДА К
СЛЕДУЮЩЕЙ СЦЕНЕ:

ВНУТРИ – КВАРТИРА – ДЕНЬ

Илья подходит к встроенному шкафу для одежды, который находится в его спальне. Он вытаскивает свой чемоданчик и бросает его на пол. Он открывает чемоданчик и выбрасывает его содержимое на пол. Наконец на пол падает матрешка, и все ее внутренние куколки раскатываются по полу спальни. Из самой маленькой из них выпадает стодолларовая купюра. Илья поднимает ее и кладет на тумбочку. Полностью одетый Илья лежит на кровати и спит.

ОБРЫВАЕТСЯ ДЛЯ ПЕРЕХОДА К
СЛЕДУЮЩЕЙ СЦЕНЕ:

ВНУТРИ – КВАРТИРА – ВЕЧЕР

Какие-то предметы ударяются о стены квартиры ниже этажом. Кричит женщина.

ЖЕНЩИНА

Я звоню в полицию.

Слышен крик мужчины.

MУЖЧИНА
Давай, сука, звони им.

Илья просыпается. Он идет на кухню. Илья достает водку из буфета и наливает себе стопку. Он залпом осушает стопку, а затем сидит за столом и рисует мосты до тех пор, пока он в состоянии слышать звуки, издаваемые кузнечиками.

ЗВУКИ кузнечиков.   Илья не раздеваясь возвращается на постель.

ОБРЫВАЕТСЯ ДЛЯ ПЕРЕХОДА К
СЛЕДУЮЩЕЙ СЦЕНЕ:
ВНУТРИ – КВАРТИРА – ВОСХОД

Илья встает с постели и идет в переднюю комнату. Он открывает занавески и смотрит из окна на солнце, восходящее над восточными холмами. Затем он садится на диван. Он проводит руками по бежевой щетине, выросшей на его лице. *Путеводитель по Америке* лежит на кофейном столике. Илья берет в руки книгу и открывает оглавление. Он находит номер 26, возле которого стоят слова «наем на работу». Илья открывает страницу 26 и читает о том, как он может найти Департамент трудовых ресурсов.

ОБРЫВАЕТСЯ ДЛЯ ПЕРЕХОДА К СЛЕДУЮЩЕЙ СЦЕНЕ:
ВНУТРИ – ДЕПАРТАМЕНТ ТРУДОВЫХ РЕСУРСОВ – УТРО

Впереди Ильи стоит в очереди дюжина человек. Илья поворачивает голову и смотрит назад. Дюжина людей стоит за ним. Он смотрит на часы наверху стены за передним окошком. Они показывают 10:00. Люди подходят к очереди

быстрее, чем те, кто в ней, покидают ее. Илья подходит к первому КЛЕРКУ. Он смотрит на свои часы. Они показывают 11:38.

КЛЕРК

Предъявите мне ваш идентификационный документ.

Илья вынимает из кармана свою «зеленую карточку» и показывает ее клерку.

КЛЕРК

Чем я могу вам помочь?

ИЛЬЯ

Мне нужно пособие по безработице на период, пока я найду новую работу.

МОЛОДАЯ ЖЕНЩИНА
АЗИАТСКОЙ ВНЕШНОСТИ

Вы не имеете права на работу. Папки, которые лежат справа, содержат список нанимателей, которым требуются работники.

Илья выходит из Департамента трудовых ресурсов.

ОБРЫВАЕТСЯ ДЛЯ ПЕРЕХОДА К
СЛЕДУЮЩЕЙ СЦЕНЕ:

ВНУТРИ – КВАРТИРА – ДЕНЬ

Илья входит в квартиру. Он сидит на диване. Он читает *Путеводитель по Америке* до тех пор, пока солнце не садится за эвкалиптовыми деревьями.

ОБРЫВАЕТСЯ ДЛЯ ПЕРЕХОДА К
СЛЕДУЮЩЕЙ СЦЕНЕ:

ВНУТРИ – КВАРТИРА – ВЕЧЕР

Илья идет на кухню, чтобы разогреть на плите блюдо с капустой и картошкой. Затем он садится за стол и ест капусту с картошкой. Окончив есть, он кладет грязную посуду в раковину и из лежащего на стуле портфеля берет карандаш, бумагу и книгу о мостах. До наступления ночи он рисует мост между Сан-Франциско и Окландом, известный как «Бэй Бридж».

ОБРЫВАЕТСЯ ДЛЯ ПЕРЕХОДА К
СЛЕДУЮЩЕЙ СЦЕНЕ:
ВНУТРИ – КВАРТИРА – ВЕЧЕР

Слышно СТРЕКОТАНИЕ кузнечиков. Илья кладет карандаши и рисунки в свой портфель. Он идет к буфету на кухне. Он вынимает мерный стаканчик для водки и наполняет его. Затем он выпивает водку. Илья идет к своей кровати и ложится на нее, не раздеваясь. Он засыпает.

ОБРЫВАЕТСЯ ДЛЯ ПЕРЕХОДА К
СЛЕДУЮЩЕЙ СЦЕНЕ:
ВНУТРИ – КВАРТИРА – УТРО

Раздается свисток поезда, проходящего в восемь часов утра. Илья просыпается. Он ворочается в своей постели. Он выглядывает из окна своей спальни. Он видит, что небо чисто-голубое, как и его глаза. Он слышит звуки соек, дроздов и ворон. Он отбрасывает свои бежевые волосы на голове пальцами руки и встает с постели. Он поднимает фотоаппарат, который он бросил на пол. Он берет с тумбочки билет на вечеринку специалистов по мостам и разглядывает его некоторое время. Затем он кладет его в карман. Он идет на кухню и берет свой портфель, наполненный рисунками мостов. Он кладет свой фотоаппарат

всвойпортфель. НаИльенадетытежесамыеголубые джинсы и голубая рабочая рубашка, которые были на нем в день его увольнения. С портфелем в руке и с билетом на вечеринку специалистов по мостам Илья выходит из квартиры.

ОБРЫВАЕТСЯ ДЛЯ ПЕРЕХОДА К СЛЕДУЮЩЕЙ СЦЕНЕ:

СНАРУЖИ – УЛИЦЫ – УТРО

На улицах мало пешеходов и машин. Илья идет к автобусной остановке. Подходит экспресс, идущий в Сан-Франциско, и Илья садится в автобус. Он машет перед водителем своим проездным билетом и садится в кресло лицом по ходу движения. Автобус едет через мост «Бэй Бридж», соединяющий Окланд с автобусной станцией Сан-Франциско.

ОБРЫВАЕТСЯ ДЛЯ ПЕРЕХОДА К СЛЕДУЮЩЕЙ СЦЕНЕ:

ВНУТРИ – АВТОБУСНАЯ СТАНЦИЯ САН-ФРАНЦИСКО – УТРО

Илья выходит из автобуса и идет по направлению группы людей, в основном мужчин. Он бормочет себе под нос.

ИЛЬЯ
Это, должно быть, они.

Илья подходит к группе. Средних лет седоволосый белый полный мужчина с бородкой подходит к Илье.

МУЖЧИНА СРЕДНИХ ЛЕТ

Остановка автобусов компании «Грэйхаунд» находится вон там.

Мужчина показывает за его спину.

ИЛЬЯ

А это не группа для участия в вечеринке Американской ассоциации гражданских инженеров, специалистов по мостам?

МУЖЧИНА СРЕДНИХ ЛЕТ

Да, это та самая группа.

Мужчина отходит от Ильи. Илья одиноко стоит возле группы. Высокий темноволосый стройный красивый белый мужчина стоит возле туристского автобуса компании «Грэй Лайн». Он водитель автобуса, и у него в руках микрофон. Он говорит в микрофон.

ВОДИТЕЛЬ АВТОБУСА

Члены группы специалистов по мостам, пожалуйста, садитесь в автобус.

Группа садится в автобус. Илья входит в автобус последним.

ОБРЫВАЕТСЯ ДЛЯ ПЕРЕХОДА К
СЛЕДУЮЩЕЙ СЦЕНЕ:

ВНУТРИ – АВТОБУС – УТРО

Илья сидит рядом с ЖЕНЩИНОЙ в очках с вьющимися коричневыми волосами. Ей несколько больше двадцати лет.

ИЛЬЯ

Меня зовут Илья.

Илья опускает руку в свой портфель, чтобы показать женщине несколько своих рисунков.

ЖЕНЩИНА

Извините.

Женщина встает со своего места и идет в переднюю часть автобуса. Илья наблюдает, как она садится возле мужчины на одно из передних сидений автобуса.

ОБРЫВАЕТСЯ ДЛЯ ПЕРЕХОДА К
СЛЕДУЮЩЕЙ СЦЕНЕ:

СНАРУЖИ – УЛИЦЫ САН-ФРАНЦИСКО – УТРО

Автобус движется к остановке возле южного въезда на мост «Золотые ворота». ЭКСКУРСОВОД, невысокого роста стройный белый мужчина с сероватыми волосами, стоит в головной части автобуса.

ЭКСКУРСОВОД

Наша экскурсия начинается с этого места. Пожалуйста, возьмите с собой все ценные вещи. Американская ассоциация гражданских инженеров не несет ответственности за утерянные, украденные или поврежденные вещи.

Илья выходит из автобуса последним. Все стоят позади экскурсовода в самом начале пешеходной дорожки длиной 1,7 мили. Члены группы начинают пеший поход по мосту. Воздух необычно неподвижный, и океан спокойный. Экскурсовод продолжает свой рассказ.

ЭКСКУРСОВОД

Строительство моста «Золотые ворота» было завершено за четыре года. Его длина составляет

8981 фут, а длина главного пролета равна 4200 футов. Это один из наиболее длинных в мире мостов с единственной подвеской пролета. Он поддерживается на высоте 746 футов над уровнем моря двумя крупнейшими в мире мостовыми башнями.

Илья останавливается и делает фотоснимки. Затем он снова идет.

ЭКСКУРСОВОД

Приятной прогулки. Мы встретимся у
южного входа на мост через два часа.

Ильястоитпозадидвоихнебольшогоростастройных
японцев, которые только что сфотографировали
Алькатрас. Они говорят по-английски. Когда Илья
подходит к ним, они переходят на японский язык
и уходят от Ильи. Высокий плотного сложения
белый мужчина старше шестидесяти по имени
СЛАВА и невысокого роста полная белая женщина
также старше шестидесяти по имени СВЕТЛАНА
идут впереди Ильи. Женщина роняет фотоаппарат
на мост. Она останавливается, чтобы поднять его.

СВЕЛАНА

Иди вперед. Я догоню тебя. Мне нужно
отдохнуть.

Слава идет вперед. Светлана стоит возле поручней
и смотрит, как Илья наталкивается на перила,
когда он пошатнулся по ходу на дорожке. Илья
останавливается и наклоняется над перилами.
Светлана бежит к Илье и обеими руками хватает
его за талью.

СВЕТЛАНА

Что ты делаешь?

Светлана резким движением отталкивает Илью от
перил.

ИЛЬЯ

Кто вы?

СВЕТЛАНА

Медицинская сестра, и я могу сразу сказать, когда кто-то чувствует боль. Пошли со мною. Вот попейте воды.

Светлана вынимает из своей сумочки 12-унцевую пластиковую бутылку с водой. Она передает ее Илье. Илья пьет воду. Они начинают разговаривать по-русски.

ИЛЬЯ

Как тебя зовут?

СВЕТЛАНА

Светлана. А тебя как зовут?

ИЛЬЯ

Илья. Откуда вы?

СВЕТЛАНА

Неважно, откуда я. А сейчас я живу в Санта-Розе. Что приключилось с вами?

ИЛЬЯ

Я потерял работу. Менее чем через тридцать дней меня собираются выселить из квартиры. А у меня всего сто долларов денег.

СВЕТЛАНА

Давайте отдохнем. Мы можем присоединиться к группе, когда она подойдет сюда на обратном пути к автобусу.

ИЛЬЯ

Я принес сюда рисунки в надежде, что они заинтересуют кого-нибудь и меня возьмут на работу.

Илья показывает на свой портфель.

СВЕТЛАНА

Не вытаскивайте их сейчас. Вы сможете показать их мне позже. Я дам вам свою визитку.

Женщина достает визитку из своего кошелька. На визитке написано: *«Компания г-на Иванова по разработке компьютерных программ для получения цифровых изображений».*

ИЛЬЯ

Спасибо.

СВЕТЛАНА

Позвоните мне. А сейчас я должна идти. Меня ждет мой муж. Нам нужно забрать нашу внучку, поэтому мы не будем обедать вместе с группой.

Группа идет к автобусу. Женщина идет к своему мужу. Илья стоит на дорожке, с улыбкой глядя на визитку. Внезапно сильный ветер вырывает ее из руки Ильи. Илья смотрит, как визитка взмыла вверх над заливом Сан-Франциско. Визитка плавно возносится воздухом на пути ее движения. Порыв ветра кончается. Визитка падает, совершая вращательные движения по пути к воде. Илья видит, как визитка падает на воду. На глазах Ильи появляются слезы. Илья плетется к автобусу позади группы.

ЭКСКУРСОВОД
А сейчас мы направляемся в местечко, известное как «Рыбачья гавань», где мы пообедаем в ресторане *Алиото*.

Группа садится в автобус. Илья садится последним. Он сидит один в задней части автобуса. Автобус едет по улицам Сан-Франциско и останавливается в «Рыбачьей гавани». Все выходят из автобуса кроме Ильи.

ОБРЫВАЕТСЯ ДЛЯ ПЕРЕХОДА К
СЛЕДУЮЩЕЙ СЦЕНЕ:

ВНУТРИ – АВТОБУС – ПОЛДЕНЬ

Водитель автобуса смотрит на Илью.

ВОДИТЕЛЬ АВТОБУСА
Ты что, не хочешь выходить из автобуса,
приятель? В ресторане *Алиото* самые
лучшие блюда из даров моря.

Илья молча смотрит через окно на солнце,
поднявшееся высоко над голубыми водами
Залива.

ВОДИТЕЛЬ АВТОБУСА
О, я понимаю, приятель. Тебя недавно
бросила жена. Не расстраивайся, как
говорят, в море много рыбы. Моя жена
ушла от меня в прошлом году. Сейчас
у меня есть хорошенькая покорная во
всем азиаточка.

Илья с портфелем в руке встает и выходит из
автобуса.

ОБРЫВАЕТСЯ ДЛЯ ПЕРЕХОДА К
СЛЕДУЮЩЕЙ СЦЕНЕ:
СНАРУЖИ – РЫБАЧЬЯ ГАВАНЬ – ПОЛДЕНЬ

Гавань наводнена туристами, уличными
торговцами и уличными артистами. Илья идет к
входу в ресторан *Алиото.*

ОБРЫВАЕТСЯ ДЛЯ ПЕРЕХОДА К
СЛЕДУЮЩЕЙ СЦЕНЕ:
ВНУТРИ – РЕСТОРАН *АЛИОТО* – ПОЛДЕНЬ

ДЕЖУРНЫЙ ОФИЦИАНТ – молодая с красивыми формами брюнетка с большими, как у лани, глазами.

ДЕЖУРНЫЙ ОФИЦИАНТ
Что вам угодно, сэр?

ИЛЬЯ
Я член группы специалистов по мостам.

ДЕЖУРНЫЙ ОФИЦИАНТ
Идите прямо до конца.

Илья идет в дальнюю часть ресторана и находит место за столом, за которым уже сидят молодой БЛОНДИН и молодая блондинка.

БЛОНДИН
Прошу прощения, но эти места заняты.

Илья находит пустой стол и садится один. Он намазывает маслом свою булочку и ест ее. Небольшого роста белый ОФИЦИАНТ подходит к Илье.

ОФИЦИАНТ
Кофе или чай?

ИЛЬЯ

Чай.

ОФИЦИАНТ

Какой бифштекс вы хотите?

ИЛЬЯ

Средних размеров.

Официант уходит. Илья ест поданный на тарелке салат. Он осматривает зал ресторана. Возвращается официант и он подает Илье тарелку с блюдом из даров моря. Илья начинает есть. Вдруг он почувствовал, что кто-то дотронулся до его плеча. Женщина, которую он встретил на мосту, стоит позади его.

СВЕТЛАНА

Илья, это нехорошо всегда сидеть в одиночестве.

ИЛЬЯ

Светлана, а я как раз думал о вас.

СВЕТЛАНА

Моя дочь позвонила и отменила нашу поездку. Моя внучка простудилась.

Светлана садится рядом с Ильей.

ИЛЬЯ

Я потерял вашу визитку.

СВЕТЛАНА

Об этом не беспокойтесь. Вот здесь напишите номер вашего телефона и адрес.

Светлана извлекает из кошелька бумажку и подает ее

Илье. Илья пишет на бумажке его адрес и номер телефона.

ИЛЬЯ

Я всегда дома. Я никуда не хожу.

ЖЕНЩИНА

Я свяжусь с вами. Всего доброго.

Светлана уходит от стола Ильи. Илья ест свою пищу. Затем он уходит из ресторана.

ОБРЫВАЕТСЯ ДЛЯ ПЕРЕХОДА К
СЛЕДУЮЩЕЙ СЦЕНЕ:
ВНУТРИ – КВАРТИРА – ДЕНЬ

Илья входит в свою квартиру. Он роняет свой портфель на пол в передней комнате и идет в ванную комнату. Он принимает душ и бреется. Затем он одевает свой халат и засыпает в своей кровати.

ОБРЫВАЕТСЯ ДЛЯ ПЕРЕХОДА К
СЛЕДУЮЩЕЙ СЦЕНЕ:
ВНУТРИ – КВАРТИРА – УТРО

Слышен СВИСТ поезда. Илья просыпается и смотрит на голубой свет утра, проникающий через окно в его спальне. Он лежит без сна на своей постели. Он слышит стук в переднюю дверь. Он бежит к двери и открывает ее. Перед ним предстали два ЧЕРНЫХ МАЛЬЧИКА.

ЧЕРНЫЕ МАЛЬЧИКИ
Не хотите ли купить сладости?

ИЛЬЯ
Нет.

Илья закрывает дверь и запирает ее. Он идет в свою спальню и поднимает все с пола. Затем он протирает зеркало, кран и унитаз. Он убирает свою постель и затем идет на кухню, где он моет посуду, чистит плиту и убирает со стола. Струйки пота скатываются по его лбу, когда он тряпкой моет пол на кухне. Илья входит в переднюю комнату. Он садится на диван. Он утирает пот со лба. Он достает дощечку для письма из своего портфеля и пишет письмо Вале.

Дорогая Валя!

Я так по тебе скучаю. Я посылаю тебе приглашение навестить меня в Америке.

С любовью.

Илья.

Илья кладет письмо в конверт и заклеивает его. Он пишет адрес Вали на лицевой стороне конверта. Он кладет конверт на кухонный столик. ЗВОНИТ звонок входной двери. Илья открывает дверь. Возле двери стоит Светлана.

СВЕТЛАНА

Вам не следует открывать дверь, не спросив прежде, кто там.

ИЛЬЯ

Входите. Садитесь.

Светлана входит в квартиру и садится на диван рядом с Ильей.

СВЕТЛАНА

По крайней мере, вы хоть побрились сегодня.

ИЛЬЯ

Спасибо.

СВЕТЛАНА

Не благодарите меня. Благодарите самого себя за то, что вы выбрались из этой рутины. Никогда больше не позволяйте себе выходить на улицу в неопрятном виде. И после этого вы еще удивляетесь, почему люди остерегались подходить к вам во время вечеринки специалистов по мостам.

ИЛЬЯ

Я тогда чувствовал себя очень плохо, а сегодня я чувствую себя много лучше.

СВЕТЛАНА

В чем причина того, что вы плохо себя чувствуете. У вас есть пища и крыша над головой. В Америке вы должны знать, что вы либо никто, либо участник конкурентной борьбы.

ИЛЬЯ

Неужели?

СВЕТЛАНА

Да, это, действительно так. Американцы смотрят на все их окружающее с целью установить, какую пользу они могут из этого извлечь. Если они не могут вас использовать, то они в вас не нуждаются. Преодолейте себя и включайтесь в это движение.

ИЛЬЯ

Что вы имеете в виду?

СВЕТЛАНА

Напишите Бобу уведомление за тридцать дней о том, что вы собираетесь выехать из его квартиры.

Светлана дает Илье бланк уведомления.

СВЕТЛАНА

Я взяла их у моего мужа, Славы. Мы раньше снимали комнату над нашим бизнесом.

Илья заполняет бланк.

ИЛЬЯ

И что мне теперь с этим делать?

СВЕТЛАНА

Вам нужно хранить копию у себя, а оригинал уведомления послать ему с уведомлением о вручении с тем, чтобы быть уверенным, что Боб получил свой экземпляр. Мы пошлем это ему по почте завтра.

Илья отдает Светлане заполненные бланки. Она кладет их в свою сумочку.

ИЛЬЯ

Я не знаю, как мне вас благодарить.

СВЕТЛАНА

Не благодарите меня. Благодарите Бога. Он заботится о каждом и делает это в нужное время и в нужном месте. Держу пари, что вы сейчас не ходите в церковь.

ИЛЬЯ

Нет.

СВЕТЛАНА

Не позволяйте материализму убивать вашу духовность. Если вы допустите это, то вы станете пустым местом, а не благословенным человеком.

ИЛЬЯ

Я не понимаю вас, но я попробую.

СВЕТЛАНА

Не пробуйте. Просто собирайте ваши вещи. Вы выезжаете из этой квартиры прямо сейчас.

ИЛЬЯ

Что вы имеете в виду?

СВЕТЛАНА

Я поговорила со Славой. Он сказал, что вы можете работать у него, и снять квартиру над его офисом.

ИЛЬЯ

Но мои тридцать дней еще не истекли.

СВЕТЛАНА

Вы не понимаете. Действие тридцатидневного уведомления о вашем выселении началось в тот день, когда Боб уволил вас, потому что ваша плата за аренду квартиры вычиталась из вашей зарплаты.

ИЛЬЯ

Но я ведь ничего не знаю о вас. Я до этого никогда не был в Санта-Розе. Я даже не знаком с вашим мужем. Как же я могу знать, что у него, действительно, есть работа для меня?

СВЕТЛАНА

Где же ваша вера? Я тоже работала при коммунистическом режиме. Через реальности повседневной жизни я познала, что жизнь – это не задачник, в котором вы получаете правильный ответ, путем логических вычислений. Вы должны иметь веру. Только тогда вы поймете, что 1 + 1

не равняется двум, а значительно больше.

ИЛЬЯ

Простите меня. Я голоден. Я ничего не
ел целый день.

Илья встает с дивана. Он идет на кухню и
разогревает на плите капусту и картошку. Светлана
ждет на диване. Илья ест картошку с капустой.
Он моет посуду. Светлана смотрит на свои часы.
Прошел один час. Из передней комнаты Светлана
кричит Илье.

СВЕТЛАНА

Берите ваши вещи. У меня нет целого
дня.

ИЛЬЯ

Я должен позвонить моей жене и сказать
ей, что я переезжаю.

СВЕТЛАНА

Вы сможете это сделать, уже поселившись
в новом месте.

Илья идет в спальню и начинает перебирать вещи
в своем чемоданчике. Он выбрасывает все на пол.
Затем он кладет все обратно в свой чемоданчик.
Илья ищет свою записную книжку, которая была
на тумбочке. Светлана ждет на диване. Светлана
опять смотрит на свои часы: прошел еще один час.
Она идет к двери в спальню и стоит, наблюдая за
тем, как Илья ищет свою записную книжку. Затем
она говорит.

СВЕТЛАНА

Что вы ищете?

ИЛЬЯ

Мою записную книжку.

Светлана возвращается к дивану и садится. Илья ищет и под кроватью, и в туалете. Он останавливается и переводит дыхание. Затем он идет на кухню. Светлана зевает.

СВЕТЛАНА

Извините меня, если я усну, пока вы пакуете свои вещи.

ИЛЬЯ

Может быть, вы хотите чая?

СВЕТЛАНА

Нет, спасибо. Поторопитесь со сборами. Я на ногах с восхода солнца.

Илья ставит чайник на плиту и садится возле телефона. Из носика чайника понимается пар. Затем чайник СВИСТИТ. Илья наливает себе чашку чая и возвращается на свое место у телефона, отпивая чай. Светлана засыпает на диване. Когда она просыпается, она смотрит на свои часы: еще один час прошел. Она идет к двери на кухню и смотрит на Илью, сидящего на своем месте и сосредоточившего свой взгляд на телефоне. Затем она садится за стол напротив Ильи.

ИЛЬЯ

Вы испугали меня.

СВЕТЛАНА

Чего вы ждете?

ИЛЬЯ

Может быть, Боб позвонит мне.

СВЕТЛАНА

Зачем Бобу звонить вам?

ИЛЬЯ

Он никогда не говорил мне, почему он меня уволил.

СВЕТЛАНА

Если он не уважал вас до такой степени, что не сказал вам, за что он вас увольняет, то почему вы считаете, что он позвонит вам сейчас?

ИЛЬЯ

Потому что, когда он приглашал меня в Америку, он говорил, что ему нужны мои знания, чтобы помочь ему сделать конструкцию моста «Бэй Бридж» устойчивой к землетрясениям. Он оплатил мою поездку в Америку, потому что ему были нужны мои знания.

СВЕТЛАНА

Люди играют в игры. Вы не знаете, почему Боб, на самом деле, привез вас в Америку.

ИЛЬЯ

Я жил и работал в Санкт-Петербурге. Я был начальником более чем над сотней рабочих. У меня была власть. Люди уважали меня. И что более важно, я отвечал за мосты, по которым я проезжал каждый день. Если бы я только мог знать, что я не буду заниматься мостами в Америке, то даже деньги всего Мира не могли бы побудить меня оставить мою работу в Санкт-Петербурге.

Светлана заглядывает Илье в глаза.

СВЕТЛАНА

Но теперь вы здесь. Что вы собираетесь делать?

ИЛЬЯ

Возможно, мне бы следовало вернуться в Россию.

СВЕТЛАНА

Если это то, что вы хотите сделать, то и делайте. Может быть, Боб, отвезет вас в аэропорт на своей машине.

Светлана зло смеется. Илья хмурится.

ИЛЬЯ

Я не знаю, получу ли я свою работу обратно, если я вернусь. После падения коммунизма в России все стало нестабильным. В прошлом месяце моя жена не получила зарплату.

Светлана выглядывает из окна кухни.

СВЕТЛАНА

Мне нужно ехать домой, чтобы успеть приготовить для Славы обед.

Светлана встает с того места, где она сидела, и идет к входной двери.

ОБРЫВАЕТСЯ ДЛЯ ПЕРЕХОДА К СЛЕДУЮЩЕЙ СЦЕНЕ:

СНАРУЖИ – МНОГОКВАРТИРНЫЙ ДОМ – ВЕЧЕР

Светлана сходит по ступенькам и попадает на улицу, где запаркован ее Мерседес-Бенц. Она садится в машину и запускает двигатель. Наверху Илья запирает дверь своей квартиры. Со своим чемоданчиком в одной руке и партфелем в другой он бежит по ступенькам лестницы. Он ударяется о стекло машины.

ИЛЬЯ
Светлана.

Светлана открывает дверь машины. Илья кладет свой портфель на переднее сиденье, а чемоданчик – на заднее. Затем он сам садится в машину. Машина едет на север в сторону Санта-Розы.

ОБРЫВАЕТСЯ ДЛЯ ПЕРЕХОДА К
СЛЕДУЮЩЕЙ СЦЕНЕ:
ВНУТРИ – АВТОМОБИЛЬ – ВЕЧЕР

ИЛЬЯ
Что мне делать с этими ключами?

СВЕТЛАНА
Мы собираемся послать их по почте Бобу вместе с уведомлением о выселении через тридцать дней.

Пока Светлана ведет машину, Илья смотрит в окно. Автомобиль движется по мосту «Ричмонд – Сан-Рафаэль».

ИЛЬЯ
Что это?

СВЕТЛАНА
Это тюрьма Сан-Квентин.

Илья и Светлана сидят молча, а в это время машина едет на север по скоростной магистрали номер 101.

ОБРЫВАЕТСЯ ДЛЯ ПЕРЕХОДА К
СЛЕДУЮЩЕЙ СЦЕНЕ:

СНАРУЖИ – ФИРМА СЛАВЫ – ВЕЧЕР

Автомобиль подъезжает к бордюру перед коричневым оштукатуренным двухэтажным зданием с крышей, покрытой терракотовой плиткой. Илья и Светлана выходят из машины и стоят на тротуаре.

ИЛЬЯ

Это то место, где я буду находиться?

Светлана показывает пальцем наверх. Затем она вынимает из своей сумочки ключ.

СВЕТЛАНА

Да. Ваша квартира наверху. Вот ключ. Завтра утром встретьтесь со Славой внизу в 8 часов. Он вам все объяснит. Если вам что-то понадобится, то позвоните мне.

Светлана садится в свою машину. Илья стоит на тротуаре между своим чемоданчиком и портфелем и смотрит, как уезжает Светлана.

ВНУТРИ – ФИРМА СЛАВЫ – УТРО

Слава сидит за своим столом. Илья сидит перед ним.

СЛАВА

Доброе утро!

ИЛЬЯ

Доброе утро!

СЛАВА

Как вам понравилось наверху?

ИЛЬЯ

Прекрасно.

СЛАВА

Это хорошо. Теперь перейдем к делу. Я разрабатываю графику для компьютерных игр. Я беру вас на низшую должность – должность моего ученика. Я буду платить вам минимальную зарплату, но она будет включать в себя стоимость вашего проживания.

Слава показывает Илье контракт.

ИЛЬЯ

Я работал на мостах. Я мало знаю о компьютерах.

СЛАВА

Я знаю. Вам придется пройти несколько курсов в колледже. Для того чтобы выжить в Америке, вы должны иметь знания о компьютерах.

Илья хмурится.

ИЛЬЯ

Вы знаете, сколько мне лет?

СЛАВА

Да. Возраст не имеет значения. Пока вы работаете в Америке, вы должны иметь конкурентоспособный опыт.

ИЛЬЯ

Вы говорите обо мне, как, если бы я был каким-то товаром.

СЛАВА

Все живое и все вещи в Америке являются товаром.

ИЛЬЯ

Я, действительно, приехал в Америку, чтобы работать на мостах.

СЛАВА

Я знаю, но мой бизнес – компьютерная графика. Подписывайте контракт, чтобы я мог внести вас в платежную ведомость.

Слава дает Илье контракт. Илья подписывает его.

ИЛЬЯ

О'кэй!

СЛАВА

Светлана, как мне кажется, считает, что у вас есть определенный творческий талант. Именно поэтому я и нанимаю вас. Мне нужны ваши идеи. Я, кажется, наехал на препятствие.

ИЛЬЯ

Что вы имеете в виду?

СЛАВА

Вы это поймете, когда перейдете через шестидесятилетний рубеж.

ИЛЬЯ

В чем состоит моя работа?

СЛАВА

Утром вы – мой помощник в офисе. После обеда вы убираете и чистите все, что

требует чистки. Давайте я покажу вам,
как нужно пользоваться копировальной
машиной.

Слава несет контракт к копировальной машине
и показывает Илье, как нужно делать копии. Он
дает Илье копию контракта.

                        ИЛЬЯ
Что это такое?

                        СЛАВА
Это копия вашего контракта. В Америке
нужно хранить копии всех подписанных
документов. Люди часто подают в суд
друг на друга.

                        ИЛЬЯ
Спасибо за предупреждение.

Илья следует за Славой. Слава показывает Илье,
как нужно пользоваться офисным оборудованием
и машинами.   В полдень они слышат ЗВОН
колоколов церкви. Слава и Илья идут в небольшой
дворик позади дома, чтобы пообедать.

                        СЛАВА
Пойдем во дворик, пообедаем там.

ОБРЫВАЕТСЯ ДЛЯ ПЕРЕХОДА К СЛЕДУЮЩЕЙ СЦЕНЕ: СНАРУЖИ – ВНУТРЕННИЙ ДВОРИК – ПОЛДЕНЬ

Слава и Илья сидят за столом под глициниевым деревом. Они едят сэндвичи и пьют лимонад. Солнце на абсолютно чистом небе находится прямо над их головами.

СЛАВА

Вы получите несколько рубашек с короткими рукавами.

ИЛЬЯ

Я знаю, что все в Америке противоположно, даже погода. Я купил рыбу в магазине, потому что в России – это самый дешевый вид мясной продукции. А потом я узнал, что рыба – самый дорогой вид мяса в Америке, хотя мы и находимся вблизи океана и рек.

СЛАВА

Вы привыкните к этому.

ИЛЬЯ

А почему вы приехали в Америку?

СЛАВА

Я родился здесь. Мои родители уехали из России во время революции. Я родился в Сан-Франциско. Я познакомился со Светланой во время моей поездки в Советский Союз. Мы поженились год спустя.

ИЛЬЯ

Сколько у вас детей?

СЛАВА

У нас одна дочь. Я хотел сына, но мы не могли себе позволить завести еще одного ребенка. Я доволен Анночкой. Она никогда не причиняла нам неприятности.

ИЛЬЯ

Сколько у вас внуков?

СЛАВА

У нас одна восьмилетняя внучка. А как насчет вас, молодой человек? У вас есть дети?

ИЛЬЯ

Нет.

СЛАВА

Вы не хотите иметь детей?

Слава хмурится и смотрит на Илью.

ИЛЬЯ

Я состою в браке всего семь лет.

СЛАВА

Ну и чего же вы ждете?

ИЛЬЯ

Спустя четыре месяца после того, как мы поженились, Валя забеременела. Я сказал ей, что я не хочу никаких детей, и она сделала аборт.

СЛАВА

Вы не хотите никаких детей. Что с вами, молодой человек? Дети – это мост в будущее.

ИЛЬЯ

Когда не будет больше войн и болезней, тогда я и захочу иметь детей.

Слава качает головой.

СЛАВА

Я не знаю, как вы собираетесь выжить в Районе Залива. Создается такое впечатление, что половина людей здесь страдает от одного и того же типа болезней.

ИЛЬЯ

Что?

СЛАВА

Анночка была красивой балериной. Затем четыре года спустя у нее обнаружили рассеянный склероз. Светлана и я не жалеем, что у нас есть Анночка. Мы помогаем ей всем, чем можем.

ИЛЬЯ

Я заметил, что в Америке много людей с избыточным весом. Может быть, поэтому здесь так много больных людей.

СЛАВА

Я не знаю. Я думаю, что человек нарушает баланс природы, отравляя окружающую среду большим количеством созданных им химикатов.

ИЛЬЯ

В Америке имеется избыток пищевых продуктов с различными добавками и консервирующими элементами, которые

человеческое тело не может адекватно усвоить.

СЛАВА

Вы, Илья, не можете действовать как Бог. Как следствие Первородного греха, на земле всегда будет присутствовать страдание. Жизнь продолжается.

Двое мужчин прекращают разговор и едят свою пищу.

СЛАВА

Пора возвращаться на работу.

ОБРЫВАЕТСЯ ДЛЯ ПЕРЕХОДА К СЛЕДУЮЩЕЙ СЦЕНЕ:
ВНУТРИ – ОФИС – ПОЛДЕНЬ

Слава и Илья сидят за столом Славы, по верху которого разбросаны бумаги. Слава вытирает пыль со стола с помощью пальца.

ИЛЬЯ

Вы хотите, чтобы я помогал вам или вы хотите, чтобы я привел ваш стол в порядок?

СЛАВА

Да. Видите этот картотечный шкаф. Я хочу, чтобы вы раскладывали бумаги, которые я вам даю, в алфавитном порядке. Затем я попрошу вытащить из шкафа тряпки для удаления пыли и удалить ее со всего, что может быть

избавлено от пыли. Когда вы покончите
с пылью,

пропылесосьте пол и сделайте уборку в туалете.

ОБРЫВАЕТСЯ ДЛЯ ПЕРЕХОДА К
СЛЕДУЮЩЕЙ СЦЕНЕ:

ВНУТРИ – ОФИС – ПОЛДЕНЬ

Илья раскладывает бумаги. Затем он удаляет пыль со всех предметов и убирает туалет. Когда он заканчивает работу, он идет к столу Славы. Слава делает набросок графики для какой-то игры.

ИЛЬЯ

Я закончил работу.

СЛАВА

Поставьте подпись на своей карточке учета рабочего времени, и можете уходить.

Слава дает Илье карточку учета времени. Илья расписывается в ней и уходит из офиса.

ОБРЫВАЕТСЯ ДЛЯ ПЕРЕХОДА К
СЛЕДУЮЩЕЙ СЦЕНЕ:

ВНУТРИ – КВАРТИРА – ВЕЧЕР

Илья сидит на кушетке и включает телевизор с помощью пульта дистанционного управления. Он смотрит выпуск новостей, передаваемый в шесть часов вечера до тех пор, пока диктор не упоминает имя О. Джей Симпсона. Илья выключает телевизор и идет в спальню. Он тщательно просматривает содержимое своего портфеля и извлекает из него фотографии. Он разговаривает с каждой из фотографий, пока расставляет их в книжном шкафу в передней комнате. Первой он ставит черно-белую фотографию молодой женщины, лицо которой больше похоже на скандинавское, чем на славянское.

ИЛЬЯ

Мама, ты говорила мне, что я был самым младшим ребенком, и что я не видел моих сестер потому, что они умерли с голоду во время блокады. Ты говорила, что ты бы не рожала их, если бы знала, что их короткие жизни будут наполнены страданиями.

Илья ставит черно-белую фотографию молодого мужчины, одетого в военную форму Советского Союза.

ИЛЬЯ

Папа, спасибо тебе, что ты посетил торжества по случаю моего окончания школы. Это был последний раз, когда я тебя видел. Ты сказал, что ты должен был вернуться в Германию. Я никогда не знал тебя. Я видел тебя всего несколько раз за всю мою жизнь.

Илья ставит цветную фотографию своей жены рядом с карточкой отца.

ИЛЬЯ

Валя, мне так одиноко по ночам без тебя.

Илья подходит к дивану, и садится на него. Он включает телевизор, пользуясь пультом дистанционного управления.

ОБРЫВАЕТСЯ ДЛЯ ПЕРЕХОДА К СЛЕДУЮЩЕЙ СЦЕНЕ:
ВНУТРИ – ОФИС – УТРО

Илья с портфелем в руке идет к столу Славы.

СЛАВА

Доброе утро. Как там наверху?

ИЛЬЯ

О'кей.

СЛАВА

Когда я только что начал этот бизнес, мы со Светланой жили наверху. Помещение маленькое, но зато не надо думать о том, как добираться на работу.

ИЛЬЯ

Мне нужна какая-нибудь посуда, чтобы я мог готовить в ней еду.

СЛАВА

Вам нужна жена, которая взяла бы на себя заботу о приготовлении пищи. Вы ей уже послали приглашение?

ИЛЬЯ

Я думал об этом.

СЛАВА

Сынок, не тяните с этим делом слишком долго. В Америке каждый является индивидуалистом и участником конкурентной борьбы. Мужчина без семьи – ничто.

ИЛЬЯ

Я не знаю, с чего я должен начать.

СЛАВА

Не беспокойтесь. Я достану нужные анкеты и помогу вам их заполнить на следующей неделе.

ИЛЬЯ

Спасибо.

СЛАВА

Не стоит благодарности. Сегодня я покажу вам, как производится копирование файлов на диск. Я пытаюсь закончить работу над этой игрой до

начала торговой выставки в ноябре
месяце.

Слава и Илья идут к копировальным машинам и
копируют диски.

ОБРЫВАЕТСЯ ДЛЯ ПЕРЕХОДА К
СЛЕДУЮЩЕЙ СЦЕНЕ:

ВНУТРИ – ОФИС – ПОЛДЕНЬ

Илья стоит возле стола Славы. На колокольне
расположенного на той же улице Католического
собора ЗВОНЯТ колокола. Илья подает Славе
диски.

ИЛЬЯ

Я надеюсь, что я скопировал их
правильно.

Слава вводит диски в свой компьютер и
просматривает их.

СЛАВА

Хорошая работа. Пойдем во внутренний
дворик и поедим. Светлана приготовила
для нас борщ.

Слава и Илья идут во внутренний дворик.

SNARUЖИ — ВНУТРЕННИЙ ДВОРИК — ПОЛДЕНЬ

Двое мужчин сидят за столом во внутреннем дворике под глицинией.

ИЛЬЯ

Над играми какого типа вы в настоящее время работаете?

СЛАВА

Я работаю над игрой для детей, которая называется *Алфавитные шахматы*. Моя внучка вдохновила меня на это. Я пытался научить ее играть в шахматы, но она не могла понять правила, и поэтому для того, чтобы играть с ней я и придумал новую игру под названием *Алфавитные шахматы*.

ИЛЬЯ

В чем заключается эта игра?

СЛАВА

В игре побеждает тот, кто в конце игры будет иметь на доске буквы, с помощью которых можно написать слово «*цель*».

ИЛЬЯ

И как же победитель достигает этого?

СЛАВА

Путем полного разгрома противника.

ИЛЬЯ

Расскажите мне, как вы играете в эту игру.

СЛАВА

Все гласные буквы могут ходить на две клеточки вперед и назад. Определенные гласные буквы могут ходить вбок. Гласные буквы могут «брать» все буквы. Согласные же буквы могут ходить только на одну клеточку вперед и назад. Они могут «брать» только согласные.

Илья смотрит на Славу с улыбкой.

ИЛЬЯ

У меня есть некоторые идеи. Вы мне не покажете, как создается игра?

СЛАВА

Это как раз то, о чем я вам говорил. Нужно поступить в компьютерные классы колледжа. И затем вы сможете претворять ваши идеи в реальные проекты.

ИЛЬЯ

Где находится такой колледж? Как мне туда добраться?

СЛАВА

Пройдите два блока дальше по улице.
Автобус привезет вас прямо к главному
входу в этот колледж.

ИЛЬЯ

Когда я смогу поступить туда? Стоит ли
это денег? У меня всего сто долларов.

СЛАВА

В Америке все стоит денег. Не тратьте
ваши сто долларов. Они вам потребуются
на покупку еды, пока вы не получите
зарплату в следующем месяце. Съездите
в этот колледж. Возьмите у них анкету
заявления.   Приобретите расписание
классов. Я помогу вам заполнить анкеты
и составить расписание ваших занятий.

ИЛЬЯ

Спасибо.

Илья и Слава идут обратно по направлению к столу
Славы. Слава дает Илье расписание автобусов.
Илья смахивает пыль с расписания.

ОБРЫВАЕТСЯ ДЛЯ ПЕРЕХОДА К
СЛЕДУЮЩЕЙ СЦЕНЕ:

СНАРУЖИ – КОЛЛЕДЖ – ВЕЧЕР

Илья выходит из автобуса перед зданием
колледжа.

ОБРЫВАЕТСЯ ДЛЯ ПЕРЕХОДА К
СЛЕДУЮЩЕЙ СЦЕНЕ:

ВНУТРИ – РЕГИСТРАЦИОННЫЙ ОФИС – ВЕЧЕР

Илья разговаривает с хорошенькой блондинкой, которая работает КЛЕРКОМ в окошечке регистрации.

КЛЕРК

Чем я могу вам помочь?

ИЛЬЯ

Как я могу поступить на эти классы?

КЛЕРК

Вы должны, прежде всего, подать заполненное заявление.

Клерк дает Илье бланк заявления.

ИЛЬЯ

А могу я получить расписание классов?

КЛЕРК

Вы должны купить его в книжном магазине.

Илья уходит из регистрационного офиса и идет в книжный магазин.

ОБРЫВАЕТСЯ ДЛЯ ПЕРЕХОДА К
СЛЕДУЮЩЕЙ СЦЕНЕ:
ВНУТРИ – КНИЖНЫЙ МАГАЗИН – ВЕЧЕР

Илья осматривается вокруг в поисках расписания классов. Невысокого роста коренастый мужчина испанского типа с темно-голубым передником подходит к Илье.

МУЖЧИНА

Поторапливайтесь. Магазин закрывается через десять минут.

ИЛЬЯ

Мне нужно расписание классов.

Мужчина испанского типа подает Илье расписание классов.

МУЖЧИНА

С вас сорок центов.

Илья отдает сорок центов и выходит из магазина.

ОБРЫВАЕТСЯ ДЛЯ ПЕРЕХОДА К
СЛЕДУЮЩЕЙ СЦЕНЕ:
ВНУТРИ – КВАРТИРА – НОЧЬ

Илья сидит на диване и читает расписание классов. Затем он засыпает прямо на диване. Ему снится, что он с тоит на берегах Берингова пролива, глядя вперед на Россию, а затем назад на

США.

ОБРЫВАЕТСЯ ДЛЯ ПЕРЕХОДА К
СЛЕДУЮЩЕЙ СЦЕНЕ:

ВНУТРИ – КВАРТИРА – УТРО

Будильник ЖУЖЖИТ шесть раз. Илья просыпается. Он зевает и потягивается, а затем идет в ванную комнату и умывается.

ОБРЫВАЕТСЯ ДЛЯ ПЕРЕХОДА К
СЛЕДУЮЩЕЙ СЦЕНЕ:

ВНУТРИ – ОФИС – УТРО

Илья стоит возле стола Славы.

ИЛЬЯ

У меня есть расписание классов. Не поможете ли вы мне выбрать классы.

Илья передает Славе расписание классов. Слава отбрасывает расписание на край стола.

СЛАВА

Пусть все будет по-порядку. Давайте, прежде всего, заполним приглашение для вашей жены. У нас будет масса времени составить ваше расписание занятий. Пододвиньте стул.

ИЛЬЯ

У меня нет денег, чтобы заплатить ни за приглашение, ни за паспорт, ни за визу и билет на самолет.

СЛАВА

Не беспокойтесь. Я позабочусь об этих расходах.

Илья вздыхает. Он сидит на стуле впереди стола Славы. Они заполняют анкету приглашения.

ИЛЬЯ

Что мне делать с этим?

СЛАВА

Сегодня, после работы я отвезу вас на почту. Мы отправим приглашение по почте.

ОБРЫВАЕТСЯ ДЛЯ ПЕРЕХОДА К СЛЕДУЮЩЕЙ СЦЕНЕ:
ВНУТРИ – ПОЧТОВОЕ ОТДЕЛЕНИЕ – ПОСЛЕОБЕДЕННОЕ ВРЕМЯ

Илья подает полной черной женщине-клерку конверт.

ИЛЬЯ

Экспресс почтой в Россию.

Клерк взвешивает письмо и ставит на нем штампы.
Илья платит клерку.

ОБРЫВАЕТСЯ ДЛЯ ПЕРЕХОДА К
СЛЕДУЮЩЕЙ СЦЕНЕ:
СНАРУЖИ – ЗДАНИЕ, В КОТОРОМ ЖИВЕТ
ИЛЬЯ – УТРО

Идет дождь.   На проезжей части разбросаны
листья.

Илья волочет чемодан вверх по лестнице. Валя
следует за Ильей и также волоком перемещает еще
один чемодан. Она тяжело дышит.

ВАЛЯ
Разве у них нет лифта?

ИЛЬЯ
А тебе не нужно было привозить с собой
всю квартиру.

ВАЛЯ
Я же не знала, сколько я здесь пробуду.

ИЛЬЯ
Это Америка. В магазинах всегда полно
всего, что только можно пожелать.

ВАЛЯ
Прекрати пререкаться. Разве ты не рад
видеть меня?

Они добрались до двери квартиры. Валя бросает
свой чемодан на тротуар и переводит дыхание. Илья
открывает дверь и втягивает один из чемоданов
в переднюю комнату. Валя входит в квартиру и
грохается на кушетку.

ИЛЬЯ

А где другой чемодан?

ВАЛЯ

На балконе.

ИЛЬЯ

Ты понимаешь, ты не должна оставлять
его там. Разве я тебе не говорил о
том, что какие-то черные мальчишки
ограбили меня, когда я ожидал автобуса,
чтобы уехать от Боба.

ВАЛЯ

Нет. Я извиняюсь. Я слишком устала.
Я не спала в течение двадцати четырех
часов.

Илья волоком приносит другой чемодан в
переднюю комнату. Он закрывает дверь. Он
садится на кушетку возле Вали. Валя снимает
пальто и шарф.

ИЛЬЯ

Как дела там, дома?

ВАЛЯ

Хуже. Со дня твоего отъезда я получала
зарплату только два раза.

ИЛЬЯ

А что ты сделала с квартирой?

ВАЛЯ

Мой брат и его жена находятся в ней.
Мне нужно отдохнуть. Я расскажу тебе
обо всем завтра.

Валя идет в спальню.

ОБРЫВАЕТСЯ ДЛЯ ПЕРЕХОДА К
СЛЕДУЮЩЕЙ СЦЕНЕ:
ВНУТРИ – ОФИС – УТРО

Илья входит в офис. Слава смотрит на часы. Они
показывают восемь часов утра.

СЛАВА

Я ожидал, что ты слегка опоздаешь
сегодня. Как твоя жена?

ИЛЬЯ

Она утомлена путешествием.

СЛАВА

Не удивительно. У вас есть еда?

ИЛЬЯ

Она сказала, что она не голодная.

СЛАВА

После работы я отвезу вас с Валей в супермаркет. Я куплю вам все, что вы захотите.

ИЛЬЯ

Честно говоря, вы слишком добры ко мне.

СЛАВА

Это часть вашей премии. Я могу списать эту сумму со своих налогов. Вы внесли вклад в получение мною патента, и игра попала в магазины игрушек вовремя, перед Рождеством.

ИЛЬЯ

Спасибо. Но я должен после работы идти на занятия.

СЛАВА

Я приеду за вами и Валей после вашего возвращения из колледжа.

ОБРЫВАЕТСЯ ДЛЯ ПЕРЕХОДА К
СЛЕДУЮЩЕЙ СЦЕНЕ:

ВНУТРИ – УЧЕБНЫЙ КЛАСС – ВЕЧЕР

Илья сидит возле компьютера, как и тридцать других студентов. Средних габаритов белый мужчина с внешностью представителя Британских островов, стоящий лицом к классу, рассказывает и пишет что-то на классной доске. Илья делает записи в своем блокноте. ЗВОНИТ звонок. Студенты, включая Илью, встают со своих мест и выходят из класса.

ОБРЫВАЕТСЯ ДЛЯ ПЕРЕХОДА К
СЛЕДУЮЩЕЙ СЦЕНЕ:

ВНУТРИ – МАШИНА СЛАВЫ – ВЕЧЕР

Слава везет в своей машине Валю и Илью в местный супермаркет.

ИЛЬЯ

Ты должна быть внимательной при покупках. Ценообразование в Америке противоположное.

ВАЛЯ

Не беспокойся. Я составила список товаров, которые нам нужны. Просто помоги мне перевести их названия.

ИЛЬЯ

Тебе потребуется перевод не только одних слов.

ВАЛЯ

Почему?

ИЛЬЯ

Ты увидишь и поймешь. Я надеюсь, что ты не включила в свой список морские продукты.

ВАЛЯ

Мы живем возле Тихого океана, поэтому морские продукты не должны быть слишком дорогими. Я хочу креветок с татарским соусом и лимоном.

ИЛЬЯ

Ты все скоро поймешь.

СЛАВА

Не портите ей настроение уже при первой покупке в Америке. Я же сказал вам, чтобы вы выбирали все, что вы хотите. Я за вас заплачу.

ОБРЫВАЕТСЯ ДЛЯ ПЕРЕХОДА К
СЛЕДУЮЩЕЙ СЦЕНЕ:

СНАРУЖИ – СУПЕРМАРКЕТ – ВЕЧЕР

Автомобиль въезжает на площадку для парковки машин возле супермаркета.

ОБРЫВАЕТСЯ ДЛЯ ПЕРЕХОДА К
СЛЕДУЮЩЕЙ СЦЕНЕ:

ВНУТРИ – СУПЕРМАРКЕТ – ВЕЧЕР

Супермаркет полон белых и испано-язычных покупателей. Глаза Вали широко открыты от удивления, пока она катит тележку от одного стеллажа к другому, наполняя ее продуктами, которые она выбирает.

ВАЛЯ

Это великолепно. Америка – это, действительно, рай. Мы должны устроить праздник. Где минеральная вода?

ИЛЬЯ

У них ее нет.

СЛАВА

Нет, она есть.

Слава ведет Валю в секцию безалкогольных напитков и подает ей бутылку сельтерской воды. Валя берет бутылку и встряхивает ее.

Это газированная вода. Я же имею в виду минеральную воду.

Я же сказал тебе, что у них ее нет. И вообще, зачем тебе именно сегодня понадобилась минеральная вода?

Это единственное средство, которое устраняет у меня тошноту по утрам. Я привезла два литра этой воды из России. Теперь у меня остался всего один литр.

Валя катит тележку с покупками к очереди возле кассы. Впереди их стоят шесть человек.

Много людей делают покупки после ужина. Я надеюсь, вы не имеете ничего против того, чтобы постоять немного в очереди.

О, нет. Как раз напротив: это напоминает мне Россию.

Валя доходит до передней части очереди. Кассир – молодой белый мужчина с прыщами на лице. Он пробивает на кассе каждую из покупок.

КАССИР

Двести долларов.

Слава достает четыре пятидесятидолларовые купюры и отдает их кассиру. Валя выкатывает тележку из магазина.

ВАЛЯ

Спасибо. Я приглашаю вас и вашу жена на обед в субботу. Скажите мне только, какое из русских блюд вам больше всего нравится, и я приготовлю его.

ОБРЫВАЕТСЯ ДЛЯ ПЕРЕХОДА К
СЛЕДУЮЩЕЙ СЦЕНЕ:

ВНУТРИ – КВАРТИРА – ВЕЧЕР

В передней комнате на экране телевизора идет выпуск новостей «Новости в 6 часов». Все находятся на кухне. Слава, Илья и Светлана сидят за кухонным столом. Стол накрыт белой кружевной скатертью и сервирован фарфоровыми тарелками. Корзиночка с темным ржаным хлебом, тарелочка с маслом и чайник находятся в центре стола. Илья надел коричневый костюм. Его бежевые волосы пострижены под «ежика». На Вале белая кружевная блузка и темная юбка, поверх которой надет красный передник. Ее светлые волосы уложены в форме каскада. Илья и гости едят зеленый салат. Валя несет к столу большое плоское блюдо с котлетами по-Киевски.

СВЕТЛАНА

У вас красивая жена.

ИЛЬЯ

Она также и великолепный повар. Вы
в этом убедитесь, когда попробуете ее
котлеты по-Киевски.

Валя ставит блюдо на стол и садится.

ВАЛЯ

Я забыла принести белое вино.

СВЕТЛАНА

Пусть ваш муж принесет его. Садитесь.
Вы, должно быть, очень устали ухаживая
за нами.

ИЛЬЯ

Конечно.

Илья встает и ставит на стол четыре фужера и
бутылку калифорнийского белого вина.

СЛАВА

Я надеюсь, что это вино вам понравится.
Оно из одной из местных виноделен.
Вы знаете о том, что вы живете в Стране
виноделия, не так ли?

ИЛЬЯ

Мне нравятся Молдавские вина.

ВАЛЯ

А я люблю Грузинские вина

СЛАВА

Попробуйте это. Скажите мне, понравилось ли оно вам.

Каждый наливает себе по фужеру вина.

СВЕТЛАНА

Давайте произнесем тост.

Все поднимают фужеры для тоста.

ВАЛЯ

За хорошую жизнь в Америке.

ИЛЬЯ

За американскую мечту.

СЛАВА

Здоровья и успехов.

СВЕТЛАНА

Мира и любви.

Они чокаются бокалами и начинают пить вино.

СЛАВА

Ну, как вам наше вино?

ИЛЬЯ

Оно хорошее, но уступает по вкусу Молдавскому вину.

ВАЛЯ

Оно великолепное, немного другой букет, чем у Грузинских вин.

Они едят, пьют и загадывают загадки.

СЛАВА

Имеется темная бутылка без крышки и в ней некоторое количество уксуса. Как можно определить, заполнена ли бутылка более чем наполовину или меньше, не пользуясь измерительными средствами и без того, чтобы удалить какое-то количество уксуса из бутылки.

ВАЛЯ

Посмотреть через открытое горлышко.

СЛАВА

Нет. Наклоняйте бутылку до тех пор, пока уксус не дойдет до открытого конца бутылки. Если при этом будет видно дно бутылки, то она наполнена менее чем наполовину. Если же бутылка будет полностью покрыта уксусом, то она заполнена более чем наполовину.

СВЕТЛАНА

Теперь моя очередь. Через что нельзя прорваться с помощью силы, я могу пройти посредством мягкого касания. Что это такое?

ИЛЬЯ

Ключ.

СВЕТЛАНА

Правильно.

ИЛЬЯ

У меня есть загадка. У женщины семеро детей; половина из них девочки. Как такое может быть?

ВАЛЯ

Это невозможно, потому что не может же быть полребенка.

ИЛЬЯ

Нет. Все дети – девочки, поэтому одна половина – девочки, и то же самое справедливо и для другой половины.

Все смеются.

СВЕТЛАНА

Я получаю удовольствие от нашего общения. Я так рада, что я познакомилась с вами. Вы такая замечательная пара

и вы собираетесь завести красивого
ребенка.

ИЛЬЯ

Я не хочу детей.

Слава и Светлана смотрят друг на друга.

ВАЛЯ

Извините меня.

Валя встает из-за стола и идет на кухню.

ИЛЬЯ

Извините меня. Я хочу посмотреть, что
с Валей.

Илья встает из-за стола.

СВЕТЛАНА

Эта женщина, по крайней мере, на
шестом месяце беременности. У них
есть страховка?

СЛАВА

Нет. Он ведь всего лишь мой ученик.

СВЕТЛАНА

Я думаю, что тебе лучше обеспечить им
ее, а затем вычесть соответствующую
сумму из его зарплаты.

Илья возвращается на кухню.

СЛАВА

Все нормально?

ИЛЬЯ

Да.   Просто   легкое   расстройство
желудка.

СВЕТЛАНА

Мы должны идти. Спасибо за все.

Слава, Илья и Светлана идут в переднюю комнату.
Илья приносит Славе и Светлане их пальто. Слава
и Светлана одевают пальто. Илья провожает их до
двери. Они обмениваются рукопожатием.

СВЕТЛАНА

До свидания. Берегите Валю.

СЛАВА

До свидания.

ИЛЬЯ

До свидания. Спасибо за то, что вы
пришли.

Илья закрывает дверь. Он сидит на кушетке и
засыпает. Ему снится, что он находится на Аляске,
обследуя район Берингова пролива с целью
строительства моста.

ОБРЫВАЕТСЯ ДЛЯ ПЕРЕХОДА К
СЛЕДУЮЩЕЙ СЦЕНЕ:
ВНУТРИ – КВАРТИРА – ВЕЧЕР

Колокола церкви бьют восемь раз. Илья зевает и идет к двери. Он открывает дверь и поднимает с порога воскресный выпуск газеты. Затем он сидит на кушетке и читает газету. Валя входит в переднюю комнату в халате. Ее волосы растрепаны.

ВАЛЯ

Почему ты ввел меня в смущение перед этими хорошими людьми?

ИЛЬЯ

О чем ты говоришь? Иногда мне кажется, что ты сходишь с ума.

ВАЛЯ

Я должна родить ребенка после Нового года.

ИЛЬЯ

Что?

ВАЛЯ

То, что ты слышал.

ИЛЬЯ

Через два месяца.

ВАЛЯ

Правильно.

ИЛЬЯ

Мы не можем себе позволить иметь сейчас ребенка. Почему ты не сделала аборт?

ВАЛЯ

Я не знала, буду ли я когда-нибудь снова с тобой. Я хотела сохранить часть тебя.

ИЛЬЯ

Ты глупая женщина. Ты позволяешь своим эмоциям привести нас к краху.

Валя плачет.

ВАЛЯ

Иногда я чувствую себя не женой, а твоей любовницей.

Валя уходит из комнаты. Илья читает газету.

ОБРЫВАЕТСЯ ДЛЯ ПЕРЕХОДА К
СЛЕДУЮЩЕЙ СЦЕНЕ:
ВНУТРИ – ОФИС – УТРО

Илья входит в офис с опущенной головой и глазами, устремленными на пол. Он проходит мимо Славы и даже не разговаривает с ним. Илья идет к своему рабочему столу и начинает работать на компьютере. Слава идет к Илье.

СЛАВА

Что случилось, сынок?

ИЛЬЯ

Ничего.

СЛАВА

Не расстраивайся. На этой неделе у тебя будет медицинская страховка. Ты будешь приносить домой меньше денег, потому что я буду вычитать из твоей зарплаты страховой взнос.

ИЛЬЯ

Вы считаете, что она, действительно, собирается завести ребенка.

СЛАВА

Я уверен в этом. Неужели ты не видишь ее живот? Ты, должно быть, живешь в мире иллюзий.

Слава уходит от Ильи. Илья работает на компьютере.

ОБРЫВАЕТСЯ ДЛЯ ПЕРЕХОДА К
СЛЕДУЮЩЕЙ СЦЕНЕ:
ВНУТРИ – КВАРТИРА – ПОЗДНИЙ ВЕЧЕР

Илья сидит на кушетке и читает научную книгу по компьютерам. Валя готовит еду на кухне. Она кричит Илье.

ВАЛЯ

Ужин готов.

ИЛЬЯ

Я не собираюсь есть.

ВАЛЯ

Что случилось?

ИЛЬЯ

У меня завтра будет контрольная работа.

Илья продолжает заниматься. Валя сидит за кухонным столом и в одиночку ест. Илья засыпает на кушетке.

ОБРЫВАЕТСЯ ДЛЯ ПЕРЕХОДА К
СЛЕДУЮЩЕЙ СЦЕНЕ:
ВНУТРИ – КЛАССНАЯ АУДИТОРИЯ –ВЕЧЕР

Илья и его товарищи по учебе выполняют контрольную работу. Молодой белый УЧИТЕЛЬ сидит за столом лицом к классу. Раздается ЗВОНОК.

УЧИТЕЛЬ
Сдавайте ваши работы.

Илья сдает контрольную работу и выходит из класса. На улице туман. Он идет на автобусную остановку и ждет, пока придет автобус.

ОБРЫВАЕТСЯ ДЛЯ ПЕРЕХОДА К
СЛЕДУЮЩЕЙ СЦЕНЕ:
ВНУТРИ – КВАРТИРА – ВЕЧЕР

Валя сидит на кушетке и смотрит по телевизору выпуск новостей в 10 часов вечера. В дверь входит Илья. Он смотрит на экран телевизора.

ВАЛЯ
Как прошла контрольная работа?

ИЛЬЯ
Все хорошо. Почему ты смотришь это?

ВАЛЯ
Я хочу быть в курсе того, что происходит
в мире.

ИЛЬЯ
Иногда я не понимаю американцев. Они любят повторять сами себя. Со дня моего приезда выпуски новостей не

прекращали говорит об этом О. Джей Симпсоне. Кому это нужно?

Валя выходит из комнаты. Илья вешает свое пальто, снимает обувь и садится на кушетку. Он засыпает и ему снится, что он использует острова в Беринговом проливе в качестве опор для моста между Россией и Америкой.

ОБРЫВАЕТСЯ ДЛЯ ПЕРЕХОДА К
СЛЕДУЮЩЕЙ СЦЕНЕ:

ВНУТРИ – ОФИС – УТРО

Илья молча проходит мимо стола Славы. Слава идет к нему.

СЛАВА

Как прошла контрольная работа?

ИЛЬЯ

Прекрасно.

СЛАВА

Что же в таком случае беспокоит вас?

ИЛЬЯ

Меня не покидает эта мечта.

СЛАВА

Какая мечта?

ИЛЬЯ

Я мечтаю о том, чтобы построить мост
через Берингов пролив, соединяющий
Россию и Америку, и объединить их в
третью страну под названием Русерика.

СЛАВА

Это замечательная идея для игры.

Слава смеется.

ИЛЬЯ

Вы, действительно, так считаете?

СЛАВА

Конечно. Мы можем осуществить вашу
мечту. Возможно к следующему году,
когда вы закончите компьютерные классы
и получите удостоверение об овладении
компьютерной наукой, мы сможем развить
эту идею в виде игры для праздников.

Илья улыбается.

ИЛЬЯ

С чего мне начать?

СЛАВА

Запишите все, что вы помните об
этой мечте. Нарисуйте картинку,
отображающую вашу мечту.

ОБРЫВАЕТСЯ ДЛЯ ПЕРЕХОДА К
СЛЕДУЮЩЕЙ СЦЕНЕ:

ВНУТРИ – КВАРТИРА – ВЕЧЕР

Илья сидит за столом на кухне и делает наброски своей мечты. Валя сидит на кушетке в передней комнате и смотрит выпуск новостей. На ней халат и домашние шлепанцы. На ее голове бигуди. Илья входит в переднюю комнату.

ИЛЬЯ

Подвинься.

Валя подвигается на кушетке. Илья садится рядом с нею и смотрит телевизор. Он берет в руки пульт дистанционного управления и переключает канал.

ВАЛЯ

Переключи обратно. Я смотрю выпуск новостей.

ИЛЬЯ

Почему ты это смотришь?

ВАЛЯ

Это имеет значение?

ИЛЬЯ

Ты уже видела это один раз. Ты видела полный выпуск. О чем они сегодня говорят? Давай я угадаю. Об О. Джей Симпсоне. Американцы любят повторять тему до тех пор, пока они ее полностью не отработают.

Валя встает с кушетки и идет в спальню. Илья лежит на кушетке и читает книгу о компьютерной науке. Он засыпает с книгой в руке. Книга падает на пол. Илье снится, что он строит мост через Берингов пролив.

OБРЫВАЕТСЯ ДЛЯ ПЕРЕХОДА К
СЛЕДУЮЩЕЙ СЦЕНЕ:
СНАРУЖИ – БЕРИНГОВ ПРОЛИВ – ДЕНЬ

Илья и его сотрудники разрабатывают конструкцию моста через Берингов пролив.

ОБРЫВАЕТСЯ ДЛЯ ПЕРЕХОДА К
СЛЕДУЮЩЕЙ СЦЕНЕ:
ВНУТРИ – ОФИС – УТРО

СЛАВА
Доброе утро.

ИЛЬЯ
Доброе утро.

СЛАВА
Как дела?

ИЛЬЯ
Прекрасно.

СЛАВА

Я думал о твоей мечте. Есть ли в ней место для коренных народностей?

ИЛЬЯ

Что вы имеете в виду?

СЛАВА

Коренные народности жили возле Берингова пролива до того, как американцы и русские установили над ним свой контроль.

ИЛЬЯ

Я никогда не задумывался об этом.

СЛАВА

Я знаю. Мы, инженеры, настолько захвачены решением задач с использованием чисел, что мы забываем о человеческом балансе в уравнении жизни.

ИЛЬЯ

Что вы хотите, чтобы я сделал?

СЛАВА

Я не зря говорю о коренных жителях. Ты не вернул мне анкеты страхования, которую я тебе дал. Твои жена и ребенок нуждаются в охране здоровья.

ИЛЬЯ

Я подпишу их и верну вам до того, как я
сегодня уйду с работы.

ОБРЫВАЕТСЯ ДЛЯ ПЕРЕХОДА К
СЛЕДУЮЩЕЙ СЦЕНЕ:

ВНУТРИ – ОФИС – ВЕЧЕР

Слава сидит за своим столом. Илья вынимает
анкеты медицинского страхования из своего
портфеля и отдает их Славе.

СЛАВА

Ну, наконец-то.

ИЛЬЯ

До свидания.

Илья уходит из офиса.

ОБРЫВАЕТСЯ ДЛЯ ПЕРЕХОДА К
СЛЕДУЮЩЕЙ СЦЕНЕ:
ВНУТРИ – КВАРТИРА – ВЕЧЕР

Илья сидит на кушетке и читает книгу по
компьютерной науке. На Вале купальный халат,
а на ее голове – бигуди. Она сидит за кухонным
столом и пьет чай. Илья засыпает. Его книга падает
на пол. Ему снится, что он инспектирует мост
через Берингов пролив с группой американских и
русских инженеров.

ОБРЫВАЕТСЯ ДЛЯ ПЕРЕХОДА К
СЛЕДУЮЩЕЙ СЦЕНЕ:
СНАРУЖИ – БЕРИНГОВ ПРОЛИВ – ДЕНЬ

Илья, держа в руке дощечку для письма с зажимом наверху, идет по части моста вместе с группой инженеров. Инженеры пользуются своими инструментами для испытаний моста. Затем они докладывают Илье. Илья делает пометки возле проверенных позиций. Последний инженер докладывает Илье.

ИЛЬЯ

Мост готов.

ОБРЫВАЕТСЯ ДЛЯ ПЕРЕХОДА К
СЛЕДУЮЩЕЙ СЦЕНЕ:
ВНУТРИ – КВАРТИРА – УТРО

Илья делает наброски своей мечты, а затем кладет один из эскизов в свой портфель.

ОБРЫВАЕТСЯ ДЛЯ ПЕРЕХОДА К
СЛЕДУЮЩЕЙ СЦЕНЕ:
СНАРУЖИ – ДОМ, В КОТОРОМ ЖИВЕТ ИЛЬЯ
– УТРО

Илья с портфелем в руке спускается вниз, в офис.

ОБРЫВАЕТСЯ ДЛЯ ПЕРЕХОДА К
СЛЕДУЮЩЕЙ СЦЕНЕ:

ВНУТРИ – ОФИС – УТРО

Илья входит в офис. Он идет к столу Славы.

СЛАВА

Как дела?

ИЛЬЯ

Прекрасно. У меня есть эскизы для вас.

СЛАВА

Давайте посмотрим. Пододвигайте стул ближе.

Илья сидит на стуле перед столом Славы.

Он передает Славе эскизы. Слава смотрит на эскизы.

ИЛЬЯ

Что вы о них думаете?

СЛАВА

Великолепные. У меня уже есть правильное название для вашей игры.

ИЛЬЯ

И какое же?

СЛАВА

1 + 1 = 3 или больше.

ИЛЬЯ

Для меня оно тоже звучит хорошо.

ОБРЫВАЕТСЯ ДЛЯ ПЕРЕХОДА К
СЛЕДУЮЩЕЙ СЦЕНЕ:
ВНУТРИ – КВАРТИРА – ВЕЧЕР

Илья входит в квартиру со своим портфелем в руке. Он снимает обувь и вешает куртку во встроенный шкаф для одежды. Он идет на кухню и сидит там за столом. Валя стоит возле плиты, помешивая кастрюлю супа.

ВАЛЯ

Ну, как там на работе?

ИЛЬЯ

Прекрасно. Я заключил соглашение о предоставлении нам медицинской страховки. Ты будешь рожать в больнице.

ВАЛЯ

Хвала Господу. Я слышала, что здесь, в Америке, они заставляют матерей покидать больницу уже спустя три дня после рождения ребенка. В России молодая мать находится в больнице две недели после родов.

ИЛЬЯ

Ты хочешь поехать в Россию и там родить ребенка?

Валя не отвечает. Она разливает суп по тарелкам. Затем она ставит тарелки с супом на стол. Она сидит за столом. Илья и Валя едят суп.

                    ОБРЫВАЕТСЯ ДЛЯ ПЕРЕХОДА К
                        СЛЕДУЮЩЕЙ СЦЕНЕ:
ВНУТРИ – КВАРТИРА – ВЕЧЕР

Илья лежит на кушетке.   Он читает книгу по компьютерной науке. Он засыпает. Книга выпадает из его рук и оказывается на полу. Илье снится, что он присутствует на церемонии в Беринговом проливе.

                    ОБРЫВАЕТСЯ ДЛЯ ПЕРЕХОДА К
                        СЛЕДУЮЩЕЙ СЦЕНЕ:
СНАРУЖИ – БЕРИНГОВ ПРОЛИВ – ДЕНЬ В СЕРЕДИНЕ ЛЕТА

Илья сидит рядом со своей женой в переднем ряду кресел на поле, украшенном флагами, цветами и воздушными шарами. Его жена держит на руках их сына. По одну сторону поля сидят американцы, а по другую сторону – русские. В центральной части поля сидят представители коренного населения. Каждая часть имеет своего оратора-мужчину в возрасте до тридцати лет, который стоит на трибуне и обращается к аудитории на соответствующем языке.

ОРАТОРЫ

В этот день в середине лета солнце здесь никогда не садится. Мы собрались, чтобы отпраздновать рождение новой страны, образованной союзом Америки с Россией. Русерика является частично Россией и частично Америкой, но она и не Россия, и не Америка. Русерика – это территория, где все мирно сосуществуют и трудятся для блага каждого человека.

Толпа аплодирует. Илья улыбается. Он смотрит на свою жену и своего ребенка. Тысячи голубей взлетают в небо.

ИЗОБРАЖЕНИЕ МЕДЛЕННО ИСЧЕЗАЕТ.

КОНЕЦ

Вопрос: Узнайте, как Илья использует математическое уравнение для того, чтобы осуществить свою мечту?

www.ingramcontent.com/pod-product-compliance
Lightning Source LLC
Chambersburg PA
CBHW031302060726
47590CB00003B/1017